Lysternes legeplads

Også af L.N. Clausen Toft:

Skæbnens linjer
Skæbnens tvist
Skæbnens nuancer
Charlottes trilogi

Bliv ved!

<u>chrisogchristine@outlook.dk</u>

Lysternes legeplads

L.N. Clausen Toft

Lysternes legeplads
L.N. Clausen Toft

1. udgave

Coverfoto: 229236293 | Nude Women Beach © Vasilii Kireev | Dreamstime.com

Forlag: BoD · Books on Demand, Strandvejen 100, 2900 Hellerup, bod@bod.dk
Tryk: Libri Plureos GmbH, Friedensallee 273, 22763 Hamborg, Tyskland

ISBN: 978-87-7114-228-0

Lysternes legeplads
(så megen lyst, så mange valg)

– en interaktiv sol- og sexnovelle –

Sanne og Sarah er taget på en sanselig ferie under sydlige himmelstrøg. Lyset, varmen og kulørte cocktails byder på et overflødighedshorn af sex og kærtegn på stranden og i baren, under bruseren og i sengen, på tomandshånd og sammen med deres engelske sommerflirts Jack and Josh ...

Hvilke lækkerier de vælger – og i hvilken rækkefølge – er helt op til deres egne lyster. Men hjælp dem selv på vej, hver gang du støder på en pil: **–>**

(A) A N K O M S T

Lyset strømmer ind ad den åbne altandør, gardinerne danser flamenco i brisen. Seks etager længere nede svajer palmerne langs promenaden, kulørte parasoller og solbrændte kroppe pynter den gnistrende hvide sandstrand, og Middelhavet strækker sig blinkende blåt og blændende hele vejen ud til den disede horisont.

"Ahh!" Sarah smider sandalerne. "Eviva España!"

Hun gør en piruet, med bare tæer, bare ben og bare arme. Hendes lette sommerkjole svinger. Hun trækker den op over sit lysblonde hoved og smider den hen på en stol, så frækt og så ligetil på samme tid.

Den lyserøde BH klæder hendes fine teint. De gennemsigtige skåle fremhæver Sarahs pleskenformede knapper, og en lille trekant i de matchende trusser afslører, at hun er født brunette.

Sarah har alle dage været den mest ligefremme af os, men til min egen overraskelse følger jeg hendes eksempel og smider selv kjolen. Så dristig ferien dog allerede har gjort mig!

"Hvor er du smuk." Sarah betragter mig som et kunstværk, inden hun klemmer sine bryster op ad mine, mave mod mave, lår mod lår.

Med blide fingre trækker hun op i stroppen på min BH. "Den var gledet ned ad din arm," påstår hun med et frækt blink.

Et rislende velvære løber ned ad mit haleben, for hun lyver. Det var hende selv, der havde lirket ned i stroppen til at begynde med, som påskud for sine kærtegn.

"Din strop var også gledet ned," lyver jeg og gengælder, og hun ler højt og klingende.

Mon ikke jeg forstår de to engelske mænd, der stod på hovedet for hende, da vores kufferter blev filtret ind i hinanden i lufthavnen.

Jack og Josh. Sarah, der aldrig går af vejen for en flirt, fik selvfølgelig deres navne og numre, før vi skiltes uden for terminalen.

Erotikken gnistrer. Hendes hud, der allerede var lysebrun hjemmefra, radierer en kønslig duft af moskus og livsglæde, som end ikke flyrejsens strabadser kan skjule. Hendes ånde lægger myntesmag på mine læber, hendes nøgne tæer kæler for mine på altanens flisegulv. Det må stoppe, hvis ikke jeg skal miste selvbeherskelsen.

Men mere vil have mere.

"Sikken en sød BH," hvisker jeg stakåndet.

"Og se nu din." Hun strejfer den med sin pegefinger.

Min brystvorte prikker, strammes og hærdes. Hun griner og kradser den med en lakeret negl, og jeg må strække benene for ikke at knække sammen i knæene.

"Tak for at agere anstandsdame for mig." Hun fniser. "Anton bliver så frygteligt jaloux, når jeg tager af sted alene."

Jeg spiller såret. "Er det kun derfor, du ville have mig med?"

"Det ved du godt, det ikke er." Hun vil kysse mig på kinden, men jeg drejer hovedet, så hun uforvarende også kommer til at strejfe munden med sine silkebløde læber.

Hendes vidende grin røber, at min intention er afsløret. Min perle kildrer, min fersken bliver varm, og noget i mig smelter, da hun smider BH'en og trusserne.

I det bare ingenting spankulerer hun omkring. Sarahs bryster er store og høje, kunstige og modelleret med silikone, hvilket kun gør dem mere frække. Jeg hverken stirrer på de stive knapper eller hendes plyssede fersken, men dyden hænger i en tynd tråd.

Så ringer hendes telefon, og hun smiler. "Det er

Jack," siger hun, men lader den ringe ud, til min fryd og fortrydelse.

De to fyre i lufthavnen var tiltrækkende på hver sin måde: den snakkesalige Jack, som lagde an på Sarah, og hans mere stille makker Josh, der spændte sine biceps, hver gang han fornemmede min beundring. Ham vil jeg gerne lære nærmere at kende, men lige nu vil jeg også gerne have Sarah for mig selv.

"Hvad synes du?" spørger hun. "Skal vi gå ned på stranden, eller trænger vi til en tur under bruseren først?"

Går vi på stranden, fortsæt til –> (B) PIGEFLIRT PÅ STRANDEN

Går vi ind under bruseren, fortsæt til –> (C) HÅND-BRUSER

(B) PIGEFLIRT PÅ STRANDEN

Der er noget helt særligt ved at komme ned på den glinsende varme strand. Alt andet glider i baggrunden, da vi smider sandalerne og mærker det glovarme sand mellem tæerne, kærligt og insisterende som en elskers fodmassage, der mærkes til oppe i knæhaserne og endnu længere oppe.

Middelhavets blide brise leger med vores hår og vores strandkjoler på vej hen til de to ledige liggestole med parasol, hvor vi slår os ned.

"Se, det er Jack og Josh, der ligger og kigger," hvisker Sarah. "Men lad som ingenting."

Deres nysgerrige øjne gør kun vores opvisning mere pikant, da vi breder vores badehåndklæder ud på liggestolene, smider strandkjolerne og finder sololien frem.

En fræk lille djævel på skulderen hvisker ind i mit øre om at give en hånd med, da Sarah masserer sin bløde mave og de velformede designerbryster med et drømmende ansigtsudtryk, men foreløbig følger jeg hendes eksempel og forkæler mig selv på den måde, der hurtigt kan blive til solosex, hvis jeg mister selvbeherskelsen. Et lille niv i knappen her, et lille prik til perlen der, et lille klem fra spraydåsen mellem mine inderlår.

Ude i periferien ser jeg, at Jack og Josh har synlig glæde af vores sensuelle omgang med sololien. Solbriller skjuler mændenes øjne, men skjuler ikke deres fascination, da Sarahs tungespids løber hen ad hendes rødglinsende læber.

Deres hår er ru af sand og salt, og deres muskler svulmer på lårene og på deres overarme. Josh spænder mavemusklerne op som et vaskebræt, og på trods af hans mørke solbriller kunne jeg sværge på, at han ser mig lige ind i øjnene. Mit hjerte hopper, da hans udstyr rykker i badeshortsene.

Sarah fniser. "Nogle gange tænder jeg på at blive objektiviseret. Vil du hjælpe?"

Hun rækker mig sololien og lægger sig på maven og løsner skulderstropperne på sin bikinitop.

En doven tyngde breder sig til min fersken, straks jeg sætter mig op ad hende. Frugtsaft løber, da jeg lægger mit lår mod hendes balde. Jeg sprøjter en forsvarlig skvæt af den hvide creme ud over hendes ryg.

"Ååååh." Hendes kælne suk forvandler seancen til et forspil.

Jeg masserer hendes nakke, stykket mellem skulderbladene, hendes lænd.

Stemmen knækker. "Åh, Sanne! Bliv ved, please! Du gør det så godt."

En fræk lille åre begynder at pulse lige neden for mit G-punkt. Kommer hun? Det risikerer jeg selv at gøre. For åben skærm, på en offentlig strand, med tusind vidner. Livredderen kigger med fra sit gule tårn. Josh støtter på albuen for at kunne se det hele.

Sarah stønner højt nu. "Stop! Ikke mere. Jeg risikerer bare at ... blive liderlig."

Hun puffer mig ned at ligge, og jeg adlyder – skuffet og frustreret ganske vist, men skuffelsen viger hurtigt for nydelse, da hun løsner min egen skulderstrop og overtager rollen som massør. Op og ned ad ryggen ælter hun mig. Balderne og mine baglår.

Jeg klemmer knæene sammen for ikke at afsløre, hvor lysten vores kropskontakt har gjort mig, men hun tvinger dem fra hinanden og gisper, da hun ser den mørke stribe, saften har malet i mine bikinitrusser.

"Hvad mon du ligger og fantaserer om?" Hendes fingre, der løber op ad mine inderlår, sender mig på rejse mod den syvende himmel – indtil en skygge falder på os.

Det er udlejeren, der opkræver gebyret for liggestolene.

Bagefter sælger marketenderen os to glas iskold sangria, der får mundvandet til at løbe. Sarah vipper solbrillerne ned og gør trutmund til vores to muskuløse tilskuere.

"Jeg forstår godt, Anton kan blive jaloux," bemærker jeg.

"Anton behøver ikke at få alt at vide. Vel?" Hun trækker sin negl hen over min arm på den måde, der gør mig svag i koderne. "Skulle vi invitere Jack og Josh over med det samme, eller skulle vi friske os op under bruseren først?"

Mit hoved snurrer, for jeg er til både mænd og kvinder, hvis kvinden er hende. Så hvad skal jeg vælge?

Den pulsende bruser med Sarah, gå til –> (C) HÅNDBRUSER

En flirt med Josh, gå til –> (E) MANDEFLIRT PÅ STRANDEN

(C) H Å N D B R U S E R

Vandet sprøjter. Sarah vrikker med numsen under loftets halogenspots, mens hun eksperimenterer med brusekabinens mange muligheder. Nøgen, våd og til skue står hun bag ved en klar glasvæg, der ikke overlader noget til fantasien.

Et frydefuldt deja-vu tager fat i mig, da spejlet over vasken fanger mine røde kinder. Det føles, som om vi har været på det skinnende hvide badeværelse før, og vil vende tilbage hertil mange gange endnu. Vi kan slet ikke lade være.

Stadig flere dampskyer indhyller Sarahs krop. Hendes lange hår skjuler brysterne, men kan ikke skjule, at selv bikiniskyggen er lysebrun.

Et længselsfuldt stik i maven byder mig røre ved trekanten over hendes frække fersken. Tyngden i mit underliv giver mig ikke andet valg, men det skal være Sarah selv, der tager det første skridt. Inciterende langsomt, med en striptease-dansers dovne bevægelser, smider jeg derfor mine egne trusser. Og møder hendes øjne bag brusekabinens duggende glasvæg.

'Kæft, hvor er du sexet,' skriver hun spejlvendt i duggen.

Min perle har glinset længe før, jeg smutter ind i brusekabinen til hende. Da vi står der sammen, er kropskontakt et vilkår.

Fra starten har Sarah kun brugt det største af de to bruserhoveder: det, der sidder fastmonteret i loftet. Nu tænder hun for det mindste: det, der sidder for enden af en smidig slange og har endnu flere indstillinger at lege med.

Hun får vandstrålen til at pulse og masserer min krop med den, ælter mine bryster, mine knapper. Lader flodbølgen skylle ned ad min mave og rundt om min svulmende perle.

Min lyst bliver til en hidsig feber. Som revanche sæber jeg hendes bryster ind, til de bliver glatte og glinsende, og knapperne svupper ind og ud mellem mine fingre. Da hun stønner, fortsætter jeg længere ned, rundt om hendes frække navle, ind mellem hendes lår.

Jeg går på hug. Min tunge leger med hendes perle, mine læber åbner hendes fersken til en smag af salt og tang og østers.

Hun knækker sammen i knæene, men bevarer fatningen og trækker mig op til sig. "Kom!"

Det er Sarahs tur til at stimulere min perle. Først med vandstrålen, så med tungen. Mit hjerte hamrer, da hun går på hug og slikker mig kærligt. Hendes tunge spiller, hendes læber suger.

"Mere!" hører jeg mig stønne.

Men Sarah er fræk, for lige da orgasmen kun er et enkelt sug borte, rejser hun sig op og skiller mine lår ad. Hun presser sig ind mellem dem, og hendes perle finder min. Stjerner danser for mit syn, da hun begynder at traktere min perle med sin perle.

Bag ved stjernerne dukker hendes blik op. Dybt og fjernt og liderligt skinner hendes øjne. Klare som to sole, dybe som to sorte huller at falde ned i.

Hun kysser mig vådt og krævende med både læberne og tungen, til det svimler for mig, og rullende bølger varsler en tsunami der ikke lader sig stoppe.

"Åh, Sanne!" Aldrig før har Sarah lydt så hjælpeløs. "Du gør mig så liderlig med din lyst."

Hendes begær tipper læsset. Jeg kommer vildt og voldsomt, og det samme gør hun. Vi klamrer os til hinanden, rystende af det fælles jordskælv, vores stående orgasmer har kastet os ud i.

"Hu, det gik hurtigt." Sarahs klingende latter smitter, til vi begge hoster i de vandmasser, der stadig skyller ned fra det store bruserhoved i loftet.

Drivende våde og dryppende slukker vi langt om længe for bruseren og lukker dampen ud ad vinduet. Sarah tager en selfie af os to, der tørrer hinanden i de tykke frottéhåndklæder, og sms'er den til Jack.

Svaret kommer omgående. Hun læser det og griner. "De vil gerne mødes i baren. Hvad siger du? Skal vi gøre det straks eller forkæle hinanden lidt mere først?"

Får vi en drink i baren, gå til –> (D) SEX ON THE BEACH

Lægger vi os i sengen, gå til –> (F) PIGESEX

(D) S E X   O N   T H E   B E A C H

Solen er gået ned. Vi har taget høje sandaler på og nedringede cocktailkjoler, der sidder stramt og sexet. Min lyseblå kjole komplimenterer den solbrune teint på mine lår, hvis jeg selv skal sige det, og Sarahs røde kjole vil gøre hende til dronningen i enhver sammenkomst.

Vi har lagt en dristig makeup, piftet os op fra de toldfrie parfumeflakoner og tænder på det opsyn, vi vækker, da vi slentrer ind på strandbaren, hvor turisterne samles for at nyde et glas cava eller rødvin eller en cocktail som aperitif til en fortryllende nat under sydens himmel.

Bartenderen stråler, da vi sætter os på de høje barstole og lægger det ene lår over det andet. "Sex on the Beach," siger han med den lokale dialekt.

Sarah sænker sit cocktailkort. "Vi har ikke bestilt noget."

"From those gentlemen," forklarer bartenderen, idet han kombinerer ingredienserne: is, vodka, tranebærjuice, friskpresset appelsinjuice, ferskenlikør og solbærlikør. Resultatet har alle nuancerne af en solopgang, fra fløjlsdyb mørkerød til en saftig orange. Han pynter de høje glas med en skive citron og stikker fyldige sugerør i.

De omtalte 'gentlemen' dukker op med deres egne glas. Også Jack og Josh har klædt om til aftenen, og deres åbne skjorter efterlader ingen tvivl om to muskuløse overkroppe.

"Vi håber, I kan lide sex på stranden," griner de og skåler.

Vi sutter på sugerørene, med smægtende trutmunde, der efterlader synlige mærker af læbestift.

Drinksene gør os lette i hovederne og lattermilde, og vores kavalerer spilder ikke tiden. Jack lægger en arm om Sarah; jeg mærker Josh' stærke næve om min egen hofte, hans biceps mod min skulder og hans torso mod min ryg. Hans lanse presser mod min numse. Det er frækt, og det er pågående.

Selv om vi begge to spiller diskret, har jeg svært ved at modstå. Jo mere Josh begærer mig, desto mere sexet føler jeg mig.

Jack og Sarah trækker ud på det lille dansegulv, hvor indsmigrende spansktop lægger op til smidige vrid i kroppene. Kulørte lygter skiftevis skjuler deres hemmelige kærtegn og sætter spot på.

Josh og jeg gør dem selskab. Efter nogle svingende piruetter finder vi tættere sammen. Han lægger sine hænder på min numse, og hans lanse misser kun min fersken med en håndsbred. Selv om stiletterne gør mig høj, mangler der nogle centimeter. Jeg går helt op på tå og … så er den der.

Dansen bliver til et sanseligt forspil. En seksuel akt under musikkens dække. Vi kysser. Han masserer min ryg og mine balder skamløst og strejfer hemmeligt mine knapper, der er blevet så hårde, at de står synligt frem i kjolen. Tænk at gøre det her med en næsten fremmed mand og med tilskuere på!

"Så fræk," hvisker jeg ind mellem hans læber og lader tungen følge efter.

Så optændt, som jeg er, skal der ikke meget mere til for at slippe min orgasme fri. Jeg er lysten og liderlig, og begæret er gensidigt.

"Skal vi gå et andet sted hen?" hvisker Josh.

På den ene side gerne. Jeg er klar til hvad som helst sammen med ham og skælvende utålmodig efter en udløsning, det store knald. Men vil det være endnu mere pirrende at holde begæret kørende lidt endnu?

Sarah ser ud til at gøre sig de samme tanker med Jack. Hendes læbestift er udtværet, hendes hår ugler hæmningsløst, og vores øjne mødes. "Hvad synes du?" mimer hendes røde læber.

Holder vi mændene hen, gå til –> (F) PIGESEX

Tager vi dem med op på værelset, gå til –> (G) FIRKANT

(E) MANDEFLIRT PÅ STRANDEN

Jack og Josh kommer slentrende gennem sandet i deres badeshorts og med bare overkroppe. Musklerne spiller under deres solbrændte hud, og brisen fra Middelhavet leger i deres salte hår.

"Kommer I der?" Vi spiller overrasket og holder dydigt en arm under vores løse bikinitoppe, da vi sætter os op på liggestolene.

Mændene lader, som om de ikke lægger mærke til de løse stropper, der flapper på ryggen af os, men de er dårlige skuespillere. Jeg ved da godt, hvad de fantaserer om at se.

Og hvorfor ikke? Lidt udspekuleret sørger jeg for, at knapperne smutter op over kanten, idet jeg rykker bikinitoppen på plads: "Ups!"

Jeg ved ikke, hvad der farer i mig på denne ferie. Det føles bare så pirrende at se min virkning, da Josh retter på shortsene. Hvis det handlede om at skjule hans voksende lanse, mislykkes forehavendet. I stedet for at stikke hovedet frem vender hans lanse nu hele sin imponerende bredside til.

Jack har i mellemtiden lagt an på Sarah. "I risikerer at blive solskoldet, hvis I ikke får creme nok på skuldrene," siger han. "Hvis jeg skal hjælpe, må du endelig sige til."

"Jeg tror, du trænger til en kold afvaskning." Sarah peger ud på de blå bølger.

I næste sekund spæner vi alle fire ud i dem.

Vandet sprøjter, Sarah hviner, Jack ler. Josh' kraftige næver løfter mig op i luften og dumper mig ned i Middelhavet.

Vi svømmer og leger og strejfer hinandens kroppe som delfiner. Jeg dykker ned mellem hans lår og glider op ad hans flade mave og giver hans jern et klem.

"Dig skal man vist passe på," pruster jeg.

Han kysser mig salt og vådt, og legen bliver mere alvorlig – lige som Jacks og Sarahs leg gør det lidt længere henne. Han stryger hendes hår væk fra hendes skuldre; deres underkroppe er ikke til at se under vandet, men bevægelserne følger havets bølger lige som vores.

Op og ned ad mine rygstykker vandrer Josh' stærke hænder, op og ned ad mine arme. De første kys har været hurtige og hektiske og stadig lidt usikre. Nu tager han mit ansigt i hænderne og holder det kærligt, mens vi kysser længe.

"Du er dejlig," hvisker han, og jeg lader tungen spille på hans læber.

Hånd i hånd finder vi til sidst vores liggestol igen, Josh et halvt skridt bag mig for at skjule sin begejstring. Vi tørrer hinandens kroppe og lader solen tage sig af de sidste dråber.

Langt senere, da min hud svier af saltet og solen og gløder af hans kærtegn, og mine læber summer af hans kys, tager Sarah og jeg tækkeligt strandkjolerne på igen.

Som forventet spørger vores kavalerer, om vi skal følges, men Sarah kan det der med at spille kostbar.

"Det kunne I vist godt tænke jer," flirter hun.

Jack bliver mere opfindsom. "Bor I langt herfra?" spørger han.

Sarah peger hen over palmerne op på vores altan, der lige fanger den sidste aftensol fra siden.

"Udsigten må være fantastisk," siger han, som om det ikke var udsigten til hendes kavalergang, der besnærer.

"Kunne vi byde på et lille glas undervejs?" foreslår han, da baren i stueetagen tænder for sine kulørte lanterner.

"Hvad synes du?" spørger hun mig. "Et glas med gutterne, eller skal vi klæde om først?"

Klæder vi om først, gå til –> (D) SEX ON THE BEACH
Følger vi Jacks forslag, gå til –> (G) FIRKANT

(F) P I G E S E X

Hotelværelset damper af sex. Det suser i min krop, svirrer i mit hoved. Sarah og jeg omfavner hinanden, svedige og nøgne, som vi er. Vores kroppe klasker, slubrer og klistrer sammen i varmen.

"Hvis Jack så dig nu, ville han blive helt elektrisk," hvisker jeg.

"Hvis Josh så dig sådan her, ved jeg godt, hvad han ville gøre," replicerer hun.

Vi tungekysser og tager på hinandens balder. Jeg sutter på hendes pleskenformede knap, og hun begraver mit hoved mellem sine bryster med en styrke, der tager pusten fra mig.

Hun masserer min hovedbund. "Åh ja, skat. Sådan."

"Bliver du liderlig?" læsper jeg med knappen på min tunge. "Bliver du liderlig af at blive suttet på brysterne?"

"Ja," stønner hun. "Ja! Når det er dig, der gør det. Åh, sådan her kan du få mig til at komme."

Fantasien om Sarahs orgasme tænder mig. Safter flyder fra min fersken. Frække fibre danser kædedans i gemmerne bag ved min perle. Hendes negle trækker spor af gnistrende lyst hen ad min ryg – til hun pludselig skubber mig fra sig.

Modvilligt lader jeg hendes knap svuppe ud mellem læberne, men belønningen følger øjeblikkeligt. Hun lægger mig om i sengen og spreder mine lår og dykker ned mellem dem og samler læberne om min perle.

Jeg slår kløerne i det første, det bedste, jeg kan slå dem i. Hvad som helst til at hage mig fast i, før jeg falder, jeg ved ikke hvorhen. En snip af lagenet, Sarahs hår. Jeg stønner højlydt, næsten råber af begær, og Sarah stønner med.

"Du gjorde mig så liderlig sammen med Josh, men lige nu er det mig, der har dig." Hendes tunge tegner cirkler. "Mig og ingen anden. Vel?"

"Nej, nej, Sarah. Kun dig. Åh, please, gør det! Hurtigere hurtigere!"

Jo mere jeg hiver, rusker og skynder på hende, desto bedre tid giver hun sine kærtegn. Hvert erogene sted vier hun dets helt egen opmærksomhed, skaber selv nye hotspots med sin tunge: små ivrige kildere melder sig med hvert sit kælne krav om mere. Mere!

Fryden og fugten og varmen overmander mig. Det er så fristende at bare tage imod og give efter, men delt glæde er dobbelt glæde, så jeg vender mig om i sengen og dykker selv ned mellem Sarahs lår.

Jeg åbner hendes fersken med tungen uden at møde modstand. Jeg snor tungen ind i den og suger den salte smag af sol og sex og Middelhavet til mig. Smagen af solcreme og mænd. Smagen af Sarah.

Virkningen er eksplosiv.

"Sanne, for søren!" Hun går i falset.

En brandvarm stråle rammer mit ansigt. Stjerneskud eksploderer. Jeg kommer selv. Vi kommer. Sammen.

Aldrig før har jeg følt mig så tilfreds og lykkelig, som da vi bagefter glider ind i hinandens arme. Vores kys bliver dovne, sukkene hengivne. Brisen bærer feriens søvndyssende strandliv ind ad vinduet, og lige inden jeg forsvinder ind i drømmeland, kommer jeg til at smile.

Hvad kan vi mon finde på, når vi bagefter vågner sammen?

Tager vi på stranden alene, gå til –> (B) PIGEFLIRT PÅ STRANDEN

Inviterer vi Jack og Josh med, gå til –> (E) MANDE-FLIRT PÅ STRANDEN

(G) FIRKANT

Vi tager elevatoren op alle fire. Jeg fanger vores to kavalerers hemmelige smil til hinanden i elevatorens spejl. De skulle bare se det vidende blink, Sarah og jeg udveksler. At forventningens glæde er gensidig, gør den kun større.

Sarah kysser med Jack; Josh' kærtegn vækker mine mest uartige lyster. Han nusser min nakke og kysser mig på halsen så blidt og kælent, at jeg bliver blød i knæene. Min hud spinder, min krop længes, og Sarahs øjne klæder os begge to af.

Tænder det mon hende lige så meget at se mig blive forkælet, som det tænder mig at se på hende?

Inde på værelset lader vi proppen springe på en flaske mousserende vin fra det lille køleskab. "Der har I noget at leve op til, drenge," råber Sarah, da cavaen skummer over i en viril fontæne.

Boblerne sprænger de sidste hæmninger. Under hikstende fnis og latter står vi pludselig på altanen og klæder hinanden af for hele verden.

Er Jack og Josh skolelærere eller professionelle boksere? Jeg ved det ikke. Jeg ønsker ikke at vide det. Lige nu er Josh bare en gave, jeg pakker ud af skjorten og hans shorts.

Jeg bider i hans muskuløse torso, klemmer sammen om hans faste lår. Først er det hans håndryg, der strejfer min følsomme fersken, og så noget andet.

Jeg gisper. Josh' lanse er endnu støre, end jeg forventede. Den er nopret og markeret. Glans buler, og mønsteret af opsvulmede årer overgår selv min mest kunstfærdige dildo derhjemme. Jeg knæler ned og pynter mønsteret med røde mærker af læbestift, og han dirrer af nydelse.

Palmerne svajer nede langs promenaden. Lanterner farvelægger terrassen, discodans pulser, og restauranternes krydderier kildrer sanserne. En lille dråbe sperm træder frem i spidsen af Josh' glans, en forsmag på hans potens, men endnu må han væbne sig med tålmodighed, for jeg vil have det hele med.

Fra soveværelset står vinduet åbent ud til altanen. Ind ad vinduet ser vi Jack og Sarah indtage dobbeltsengen. Hendes hår spredes ud over madrassen, da hun vælter om på ryggen. Jack tårner sig op over hende. Hans lanse knejser. Hun tager fat i den og pumper den med hånden to gange, før hun gemmer den mellem sine lår.

Silikonen holder Sarahs bryster oppe, selv når hun ligger ned. Med den ene hånd masserer hun sine struttende knapper. Den anden hånd ligger på hendes fersken. Hver gang, Jack trækker sig ud, onanerer hun sin perle med fingerspidserne. Hendes negle kradser mod lansens knortede skaft.

Inspirationen fænger. Min fersken folder sig ud som en lotus, duftende våd og tung af begær efter mere end Josh' kyndige fingre.

"Fyld mig ud," stønner jeg. "Giv mig din kæp!"

Det er teatralsk og voldsomt overdrevent, som noget fra en pornofilm, men i nat passer alle klichéerne. Hver eneste fortærskede traver om liderlige kvinder og umættelige mænd vågner til live på denne hidsige ferie, hvor alting lader sig gøre.

Lige da min indre ekshibitionist håber, Josh vil tage mig op ad altanens gelænder, bærer han mig ind i soveværelset og lægger mig ved siden af Sarah. Hans lanse er gigantisk set fra denne vinkel, men også hensynsfuld, da han erobrer min fersken tomme for tomme, vinkel for vinkel uden på noget tidspunkt at slippe mit ansigt af syne.

Vores øjne låser sig fast i hinanden. Hans blik tænder en lunte af lyst, og hans lanse finder steder, ingen mand før Josh har fundet. Jeg gisper og hører Sarah stønne ved min side. Hun vrøvler og hviner. Jeg kender varslerne på hendes orgasmer; jeg kan ikke standse min egen.

Udløsningen begynder bag ved navlen. Straks efter bølger hele min krop.

"Ja!" hvisker Josh. Så rammer hans hvidglødende stråle mit skatkammer.

Langt senere, da Jack og Josh er gået, lokker bruseren, men lysten kalder også på at fortsætte.

Bare fordi mændene har tømt sig, kan vi piger godt stadig have uopfyldte behov. Men hvordan opfylder vi de behov?

Følger vi bruserens kald, gå til –> (C) HÅNDBRUSER
Fortsætter vi i sengen, gå til –> (F) PIGESEX

Den engelske mor

”Der er vist lige noget for dig at kigge på,” drillede Lisa.

Det var de to engelske teenagepiger, hun mente: pigerne, der gjorde en farlig masse væsen af sig på stranden, og hvis lyse stemmer ringede det fåtal af strandgæster op, der ikke i forvejen havde ladet sig fortrylle af deres perfekte bikinikroppe.

Hele dagen var perfekt ved Middelhavet, med solskin, stille vand og den gyldne sol på en blå himmel. Sandet gnistrede, og luften kærtegnede min hud. Det kunne da også godt være, pigerne tændte mig, dog slet ikke på den måde, Lisa troede.

Vel havde deres hud den perfekte teint og den fejlfri struktur, naturen kun velsigner helt unge mennesker med. Vel sad deres bryster højt og deres former stramt – men erotik og sanselighed kræver noget mere end billedbogsbryster.

Pigerne var endnu for ufærdige for min smag. Lader man sig tænde af to piger, der aldersmæssigt kunne have været ens døtre? Ikke jeg, åbenbart. Ikke når jeg var sammen med strandens smukkeste kvinde.

Lisa ville have vundet enhver skønhedskonkurrence på kysten. Høj, slank og timeglasformet. Nougatbrun i sin gule bikini og med et erfarent glimt i øjet, som de to piger endnu manglede adskillige år for at kunne matche.

Pigernes mor derimod ... Jeg lod, som om jeg ikke

stirrede på hende, men hånden på hjertet havde det banket hårdt og hurtigt fra allerførste gang, jeg opdagede, det var mig, hun kiggede på bag sine mørke solbriller.

Solguden måtte vide, hvor min trang overhovedet kom fra til at kigge efter hende, når jeg havde Lisa ved min side, men her lå jeg og kunne slet ikke få nok af den kildrende stimulans, den uartige spænding med en fremmed kvinde gav mig.

Trekløverets parasol var for lille til dem alle. For at udnytte skyggen bedst muligt havde mor og døtre drejet liggestolene en kvart omgang, så de vendte over mod os, på kun fem-ti meters afstand.

Atmosfæren knitrede. Med Lisa liggende til den anden side kunne min øjenkontakt med den engelske mor ikke have været mere elektrisk.

Insisterende bølger rullede ind mod vandkanten, i mine ører rullede blodet – og i de erogene regioner, for lysten overdøvede al fornuft.

Hun er en moden kvinde, sagde jeg ganske vist til mig selv. En voksen kvinde, der har andet at tænke på end frække strandflirts med en mand, hun aldrig før har set – en mand, hvis kæreste ligger lige ved siden af ham ... og så videre.

Argumenterne stod i kø, men tabte hurtigt kampen, lige så snart hun slog smut med øjnene igen. En spids lille tunge vædede hendes læber, mit begær voksede, og med begæret voksede mit jern. Trykket mod liggestolen blev ubærlig.

For at lette trykket vendte jeg mig fra maven om på siden. Lidt vovet måske, hvad diskretionen angik, men sådan kunne jeg samtidig se på hende uden at skulle dreje hovedet hele tiden. På skrømt skjulte jeg nysgerrigheden bag mine egne solbriller og bag en vintage-udgave af Cupido fra vores lokale antikvariat hjemmefra. Nr. 4 fra maj 1991.

Som bonuseffekt skjulte mine skuldre den engelske mor for Lisa, tænkte jeg. De to sexede døtre havde kun fremkaldt hendes ironi. At indrømme, jeg tændte på deres mor, ville have været som at afsløre en meget privat fetich – langt mere ærligt, end jeg turde forestille mig at være.

Døtrenes liggestole – dem i parasollens skygge – stod tomme, fordi pigerne havde for travlt med deres egne ferieflirts med yngre mænd henne ved forlystelserne. På den tredje, solbeskinnede liggestol, lå deres mor og lod sig stege.

Hun var rundere end døtrene, mere fyldig om brysterne og numsen. Huden var knap så stram som deres, men desto mere sanselig at fantasere om.

Brysterne svingede, da hun satte sig op med en flaske solcreme. Kødet gav sig, da hun fornyede solcremen på sine glinsende arme og lår. Hendes bikini var minimal. Både trusserne og BH'en bestod af små trekanter bundet sammen i siderne ved hjælp af snore og sløjfer, der ikke skjulte ret meget.

Solcremen ufortalt ville UV-strålerne snart nok svie til hendes nøgne hud – en tanke, der fik min egen hud til at svie som af små skarpe svirp, der kun pustede til varmen i mine badeshorts.

Hun lagde sig ned på maven igen og slog op i en paperback, der havde ligget og ventet. En erotisk bog. Forsiden viste en sexet kvinde, hvis nøgne bryster var skjult bag hovedet af en mand, der suttede på dem.

Hun så mig stirre og gjorde trutmund, men lige da kom hendes to teenagepiger desværre kvidrende. Dog kun for en kort bemærkning, lød det til.

"Oh, mom. We'll only be gone for an hour!"

"Alright then. Get going." Moren sendte dem af sted under en lavine af afskedskys og med et utålmodigt smil.

Omsider forsvandt pigerne af syne henne ved den flagklædte mole, hvor 'Banana Safaries' arrangerede svipture på bananformede luftmadrasser, og vi voksne var alene med hinanden.

Morens røgede stemme havde fået det til at risle ned ad mit haleben af velbehag, da hun talte med døtrene. Hendes britiske diktion virkede på mig som de ridsende kærtegn af lange røde negle ned ad min rygrad: erektionsfremkaldende.

Hendes hår, der var langt og lyst, vajede i brisen. Hendes duft, som et vindpust bar med over, var frisk og frugtig og kantet med et strejf af moskus, der kun fortalte mig én ting: Hun kendte sin virkning og kunne lide den. Hun tændte på at tænde mænd som mig.

Nu hun kunne se frem til en barnefri time, undslap et suk den engelske mors amorbuede læber. Med et rutineret greb åbnede hun BH'ens rygstykke og nøjedes ikke bare med at lade stropperne glide ned.

I en listig bevægelse kom hun op på albuerne, trak BH'en ud til siden og svingede brysterne mod sit tykke håndklæde nogle gange, før hun sænkede skuldrene igen.

Intermezzoet varede kun i få sekunder, men virkningen kunne ikke have været mere udtalt. En salig fryd holdt indtog i hendes ansigt, og lige før hun begravede knopperne i frottéen, havde jeg set, hvor hårde de var blevet.

Lige så hårde som min rejsning. Sjældent kan nogen have været deres partner mere utro uden at røre ved deres elskerinde, end jeg var Lisa utro den eftermiddag på Solkysten. Uden at røre ved den engelske mor.

For at gøre min delikate situation virkelig enestående, kom Lisas hånd listende.

"Læser du noget frækt?" spurgte hun.

Jeg holdt bladet op, så hun kunne se Cupidos forsidepige fra halvfemserne, der stod og kiggede lige på læseren, topløs og lækker og solbrændt under en palme, med vådt hår og vandperler på huden og en ananas i hænderne.

"Hun minder mig om én, jeg kendte," sagde jeg både sandfærdigt og vagt.

Lige nu havde den engelske mor fisket en øl op af strandkurven, som hun åbnede med dåsens karakteristiske klik og kulsyrens efterfølgende hvislen og et grådigt drag om mundvigene.

Hendes første tår var lang og tørstig. Lige så begærligt fik hun ild på en smøg og sugede røgen dybt ned i lungerne – alt sammen uden at tage øjnene fra mig. Hun ikke bare nød solen og sin øl og cigaretten, men forstærkede nydelsen ved at udstille den.

Hun kunne lide at blive kigget på, og glæden var

gensidig. Min rejsning rykkede, da hun begyndte at strejfe brysterne hen over håndklædet igen, op og ned, fra side til side. Samtidig gnubbede hun liggestolen med bikinitrusserne. Hendes numse vrikkede, åndedrættet blev tungt og hørbart.

Jeg måtte selv have stønnet, for Lisa trak en fingernegl ned langs min rygrad. "Er der noget, der plager dig?" spurgte hun.

"Der er vist noget hårdt, jeg ... ligger på." Jeg lirkede på håndklædet som en dårlig forklaring.

Den gav da også kun sandheden en stakket frist at skjule sig bag. Selv om det med viljens kraft lykkedes mig at ligge stille, gik en væsentlig del af kroppen i selvsving.

Stadig tungere trykbølger pumpede min rejsning op. Skaftet spændte, glans fyldtes til bristepunktet. Orgasmen var kun det lille blink borte, som det ville tage at pierce hul på min svulmende lyst – alt imens den engelske mors bevægelser blev stadig mere intense.

Solbrillerne gled ned til hendes næsetip. Øjnene var fjerne og fraværende – og samtidig så fokuserede som en prikkende ... piercing.

Hun blinkede til mig, og glødende sæd skød op i min pik, sprøjtede og ramte shortsene. Jeg bed knoerne til blods i forsøget på at kvæle mine ekstatiske grynt.

Den engelske mor rystede ved synet, stivnede og gøs – men kun i et splitsekund, inden hun desto mere heftigt pressede trusserne ned i håndklædet, roterede sine bryster mod frottéen og forsvandt i det, der lignede en fuldkommen vanvittig rus.

Med åben mund og vildt blik stirrede hun på den voksende våde plet i mine shorts, på mit fortvivlede forsøg på at lade som ingenting – mens hun selv bare lod orgasmen flyde.

Selv da min trykspuler ebbede ud, blev hun ved med at komme.

"Du er vist en værre én," mumlede Lisa bag min ryg. "Ligger du der og onanerer?"

En udkørt strubelyd var det eneste, jeg kunne svare med. Spørgsmålet havde lydt både frækt og tolerant og vidende. Alligevel ville jeg nødig tages på fersk gerning og med klistrende rejsning, hvis Lisa tog på min pik nu.

Med djævelen i nakken sprang jeg op og løb ned til vandet, foroverbøjet for at skjule det åbenlyse. "Sidste mand / kvinde i er en kryster," råbte jeg og sprang ud i bølgerne og svømmede helt derud, hvor jeg kunne tage badeshortsene af uden at vække forargelse.

Jeg skyllede shortsene og vred sæden ud af dem og var næsten blevet færdig, da to hænder tog fat i mig bagfra.

"Kim," grinede Lisa. "Hvad laver du?"

Hænderne fandt min pik, der til min egen befippelse stadig var hård. Ikke siden mine helt unge år havde jeg oplevet at komme flere gange i træk uden en mellemliggende pause, men denne dag var alting anderledes.

"Hvad er den mon ude på?" Lisas øjne glimtede.

Med et første snuptag trak hun sine bikinitrusser

ned, med et mere tog hun om min hals og trak sig op ad min krop. Hun spredte lårene, lagde fødderne om mine balder og sænkede sin kusse ned over min rejsning.

"Kim, din spanske tyr," gispede hun. "Hvor var det frækt at se dig tænde på den liderlige dame."

Idet Lisa begyndte at kneppe mig under vandet, opdagede jeg den 'liderlige dame' stå i strandkanten, stadig topløs, med fødderne i vandet og et vidende grin bag ved de sænkede solbriller.

Hendes mund bevægede sig. Der var noget, hun sagde. Ordene var ikke til at høre, men afslutningen overholdt alle konventioner for internationalt tegnsprog: et luftkys blæst hen over bølgen blå.

Baronessens bryster[1]

Johanne slængede sig på liggestolen. Ingen bikiniskygger brød den solbrune teint. De høje bryster havde samme varme kulør som hendes ranke skuldre.

Hendes øjne fangede mig hen over solbrillerne. "Falder du i staver?"

Jeg rettede på mine shorts. "Udsigten distraherer."

"Parken har været berømt siden baronessens tid."

Sandt nok. Bag hende bølgede de bløde bakker hele vejen ned til stranden. Nattens uvejr havde frisket naturen op. Nu regerede sommeren. De sidste regndråber tørrede hurtigt i hækkene. Gule og røde rosenbede broderede den grønne græsplæne. Gyldne prikker dansede i det blå hav. Landskabet flimrede. Lærken sang, men bortset fra bladenes fredelige rislen i bøgetræerne var der blevet stille.

Hun skubbede op i brysterne. "Jeg troede ellers, du ville skrive en erotisk novelle?"

Sandt nok for anden gang. Det var derfor, jeg havde flyttet cafébordet ud på terrassen og tændt for min PC under parasollen. Oven på nattens strømafbrydelse fungerede den igen, og jeg havde rigeligt at skrive om.

Bag min ryg strakte godset sin bastante facade op

____

[1] *Baronessens bryster* er den selvstændige fortsættelse til novellen *Baronessens begær* fra novellesamlingen *Bliv ved!*

mod himlen. Elskov Gods. De hvide mure, de gotiske spir. I dagslys virkede godset eventyrligt på den uskyldige måde, men nattens hidsige oplevelser med Johanne sad i min krop og min sjæl.

Mens lynene flænsede parken, og murene rystede, havde den ene orgasme efter den anden rystet os begge, indtil vi endelig havde fundet fred i hinandens arme – klistrede, svedige, sammenfiltrede – kun for at vågne lige så liderlige, da morgenen fandt os i sengen på første sal, bryst mod bryst, lår mod lår. Pik mod kusse.

Halvt sovende havde min morgenrejsning fundet vej ind i hendes honningvæld. Før vi stod op, kneppede Johanne mig liggende. Bagefter en gang til, stående i bruseren.

Tømt og tilfreds havde vi spist en morgenmad bestående af sort kaffe, ristet brød og abrikosmarmelade. Omsider var det lykkedes Johanne at tæmme mit begær, troede jeg, og vice versa, men selv da havde det været svært at holde øjnene fra hendes bryster i den åbne badekåbe – og fra hendes lår, hver gang badekåben gled til side.

Da hun smed badekåben på terrassen, steg safterne på ny. Solen kildede sanserne; en duft af salt og kvinde hang i luften. En duft af sex og begær. Med sine glinsende læber og et duggende glas hvidvin ved hånden lignede hun lysternes gudinde. Jeg kunne ikke klage over mangel på inspiration til mine erotiske skriblerier. Tværtimod. Johannes inspiration overvældede mig.

Cursoren blinkede formålsløst. Kun overskriften

var det blevet til, siden jeg satte mig ved computeren for en halv time siden: Baronessens begær.

1700-tallets baronesse Klara var blevet nymfoman, efter at hendes mand, baron Ludvig, faldt i felten. Hendes orgier havde været egnens frivole højdepunkter, når hun inviterede til vin og dans. Og sex.

Det havde jeg ikke vidst noget om, da jeg tog jobbet som nattevagt. Dengang havde jeg forestillet mig en stille tjans om natten med god tid til at skrive om dagen, men det var før, Johanne dukkede op midt i tordenvejret. For at advare mig, som hun sagde. Advare mig om baronessens genfærd, der stadig forførte mænd som mig, og om baronen, hvis genfærd stadig dukkede op i tordenvejr for at hævne sig på dem begge.

Hvorefter Johanne havde forført mig efter alle kunstens regler.

Der var så rigeligt med stof til en hel erotisk roman. Aldrig før havde jeg haft så meget sex på én nat som på den med Johanne. På forhånd lignede det en loppetjans at nedfælde vores eskapader én orgasme ad gangen, men her sad jeg og dagdrømte om at elske med hende en gang til. Og så igen. Ord kunne aldrig komme på højde med lysten til at kysse Johanne og kærtegne hendes krop.

Jeg kunne ikke have opfundet en mere sexet heltinde til mine historier. Slank og med langt blødt hår, der lå som et slør om hendes knopper, når hun red mig. Velformede lår.

'Johanne var min drømmepige', ville jeg skrive, men lige da strøg hun sig op ad de velformede lår med kælne hænder, så dovent på den sanselige måde, at min koncentration svigtede.

Hun fugtede sine læber. "Får du ståpik igen?"

Svaret gav sig selv, da shortsenes elastik sprang til side, og min rejsning svirpede opad. Roden var blevet så hård som stammen på et af parkens gamle bøgetræer. Pikhovedet kom i klemme mod bordkanten. Den søde svie rundt om forhuden krævede handling. Jeg opgav at holde fingrene på tastaturet.

"Klara ville have elsket at se dig sådan." Ligesom tilfældigt åbnede Johanne knæene. En mørke stribe kom til syne der, hvor trusserne var krøbet op i hendes revne.

Hun lukkede knæene og åbnede dem igen, og for hver gang hun gjorde det, blev striben mørkere. Hendes kinder blussede.

"Man bliver så varm i solen." Hun tog det kolde glas fra skyggen og trykkede det mod sin brystvorte. Knoppen, der i forvejen havde struttet, blev spids og hård.

"Det hjalp vist ikke ret meget." Hun kiggede ned ad sig. "Men lad dig nu ikke distrahere mere."

Jeg sukkede.

Hendes lyserøde tunge kørte hen langs overlæben. "Eller ville det nådigste være at få dig tømt med det samme?"

Hun rejste sig. "Ville en hurtig udløsning hjælpe?"

"Husk min deadline, Johanne," protesterede jeg – på skrømt selvfølgelig.

Protesten faldt da også til jorden. Lige som hendes trusser, da hun vrikkede dem løs i hofterne. Hendes voksede revne glinsende i midten af den lyse skygge, hvor trusserne havde siddet. Hun vuggede i hofterne. Brysterne vuggede med, da hun kom slentrende over til mig. Hun bøjede sig ned og kyssede mig. Hendes bryster strejfede min skulder.

"Ryk væk fra computeren." Hun gik på hug og trak ned i mine shorts. "Op med numsen."

Jeg løftede numsen op fra stolen.

"De sidder fast i noget." Hun stak hånden ind under elastikken og fik fat i min ståpik.

Fornemmelsen af hendes fingre var kold og blid og varm og fast på samme tid. Hun pressede rejsningen ind mod mit maveskind og lirkede elastikken ned over den. Hun trak shortsene ned over mine lår og ned om mine ankler.

"Det var bedre." Hendes negle kradsede mod min erektion.

Hun knælede ned og suttede på den og pumpede den. Forhuden gled frem og tilbage, hen over pikhovedet. Hendes tunge smøg sig rundt om min glans. Hendes læber omsluttede mig. Spyt løb ned ad skaftet. Årerne trådte frem.

Hun tog under mine testikler. "Det tror jeg, vi må gøre. Tage trykket."

Hun satte sig overskrævs på mig, tunge mod tunge. Hendes fisse gled ned over mit skaft, varm og glat og snæver. Og drivende våd.

"Sådan her." Johannes hofter roterede. "Det skulle vi hurtigt få ordnet."

Hun klemte sammen. Rytmisk. Min glans begyndte at pulse. Jeg lirkede mine hænder ind under hendes balder. Hun spændte lårmusklerne. Hun strakte knæene og bøjede dem igen, sugede min pik ind i sig. Helt derop, hvor spidsen syntes at ramme indersiden af hendes navle.

De første bevægelser havde været langsomme, glidende. Søgende. Ind og ud. Lige til hun fandt det helt rigtige punkt bag ved sin klitoris og lukkede øjnene. Hun lagde nakken bagover.

"Ja." De glidende bevægelser blev til hurtige ryk. "Lige der. Og sut mig så."

Knoppen, hun pressede op i munden på mig, var sprød som en brownie. Nopperne kradsede mod mine læber. Duppen prikkede til min tunge.

Hende fisse rykkede, som var det klitoris, jeg suttede på. Hendes elskovsmuskler knugede mit skaft, som en knytnæve knugede håndtaget på en sabel. Hun æltede det. Hun rykkede i det. Hun hvæsede. "Synes du, jeg ligner baronesse Klara?"

"Ja," læspede jeg med tungen under hendes brystvorte. "Ja!"

"Er jeg lige så liderlig som hende?"

Jeg stønnede. "Johanne, du er … Du tænder mig sådan."

Og det gjorde hun. Med sin fetich for baronessen og sit begær og sin umættelige jagt på det store knald. Tændte mig så meget, jeg ikke vidste, hvor jeg skulle gøre af mig selv.

"Ville du følge mig ind i døden ligesom Klaras elsker den uvejrsnat?"

"Selvfølgelig. Please, Johanne!" Jeg løftede op i hendes balder, løftede op i hendes numse og sænkede den igen. Jeg prøvede på at øge hendes rytme.

"Ind i den lille død?" spurgte hun.

"Ja! Ja!"

Hendes bryster vippede op mod solen. Safterne svuppede. "Også ind i den store død?"

"Også den … ja!" Hvad som helst der skulle til.

Hun pressede mit hoved ind mellem sine bryster. Hendes lårmuskler spændtes. Min gåsehud bredte sig fra halebenet opover. Min pik svulmede. Mine testikler værkede.

Trykket blev ubærligt. Jeg trængte til at sprøjte nu. Op i hende. Langt op, men jo mere jeg ruskede i hende, desto mere sagtnede hun farten. Til sidst var det kun en lille åre, der sitrede mellem os.

Effekten gjorde mig vanvittig. "Bliv ved!"

Lige lidt hjalp det. "Hvis din kæreste så os nu." Hun hviskede ind i mit øre. "Hvad tror du, hun ville sige?"

Susanne? Jeg holdt vejret.

Johanne blottede sine hvide tænder. "Blev du forsigtig nu?"

"Hvorfor tror du, jeg har en kæreste?"

"Jeg googlede dig i går. Lige så snart du havde underskrevet ansættelseskontrakten. Du bor sammen med en … Susanne?"

"Du stalkede mig!" Fryden over hendes åbenlyse besættelse rislede ned ad min rygrad.

"Og her sidder du og lader dig kneppe af den første den bedste arving til den nymfomane baronesse?"

"Du er ikke den første den bedste."

"Nå, ikke?" Hendes hjørnetænder gnistrede forfængeligt. "Men hvordan ville din Susanne ikke alligevel reagere, hvis hun fandt os sammen, tror du?"

"Rasende?" foreslog jeg.

"Meget rasende?" Johanne levede sig stadig mere ind i sceneriet. "Ville hun tage baronens krumsabel og gøre det af med os, lige som han plejede at gøre det med Klara og hendes elskere? Bare med omvendte kønsroller? I ligestillingens tegn?"

Den helt sære lyst fra i nat flakkede igen op i hendes øjne. Frygten for Susannes hævn var som et afrodisiakum for Johanne, lige som spøgelseshistorien om baronen havde været det.

Sandheden var, at Susanne lige nu holdt charterferie under sydlige himmelstrøg, men da Johanne tændte så voldsomt på fantasierne om dødelig skinsyge, ville jeg ikke spilde chancen for at blæse til bålet. Jeg gispede. "Du har ret."

Hvis en lille hvid løgn kunne løfte ophidselsen til nye højder, var jeg gerne med på legen. "Måske står hun derinde et sted og kigger med i det skjulte? Rasende af jalousi?"

Min strategi lod til at virke. Rødmen blev endnu mere hidsig på Johannes kinder; hendes begær blev glødende varm. Jeg bøjede mig frem efter hendes bryst, men lige da jeg ville genoptage vores tidligere rytme, kom der en slæbende lyd inde fra godset. En lyd af drævende fødder? Var der nogen, som listede omkring? En, der holdt øje med os?

Straks efter slog det store bornholmerur. Den slæbende lyd havde skyldtes mekanikken, der trak klokkeværket op.

Jeg vidste ikke, hvorfor jeg skulle være så lettet. Selvfølgelig var Susanne i Spanien. Alligevel havde frygten for det modsatte ramt mig så uventet, at jeg i nogle sekunder sad lammet, mens vi lyttede efter urets slag.

Så – lige, da der var blevet stille igen, og jeg ville genoptage vores samleje, smækkede en dør.

"Var der nogen, der gik, eller nogen, der kom ind?" hviskede jeg.

Johanne løftede sig væk fra min rejsning og gik hen efter sin badekåbe ved siden af liggestolen. "Vi må hellere se efter."

*

Altandøren førte ind til pejsestuen, hvor det store bornholmerur havde gjort sit rallende tilløb efterfulgt af tolv tunge gonger. Men det var den smækkende dør, der havde alarmeret os.

"Kan det være Kurt, der er vendt tilbage?" spurgte jeg.

Johanne rystede på hovedet. "Han er også i Spanien. Jeg fik en sms fra hans kone i morges. Med tak for sidst."

Jeg rødmede ved tanken om godsets regulere nattevagt og hans kone, der havde overrasket os oven på vores første orgasme foran pejsens flakkende ild.

Ilden var for længst brændt ud, men uvejret havde sat sine spor. Splinterne efter den knuste rude ventede stadig på at blive fejet op. Som nødløsning sad der kun en løs papplade i rammen.

Tæppet, vi havde varmet os under, lå skødesløst på sofaen. Glassene og flasken stod på bordet, stadig med de sjatter i, som vi aldrig var blevet færdige med.

Natten igennem havde lynene hvislet uden for de høje vinduer. Nu faldt solen ind gennem de ruder, der havde overlevet. Gulvet blinkede.

Johanne trak badekåben sammen under sine bryster. Jeg havde taget mine shorts på, inden vi gik ind. Havde det lydt, som om nogen gik igennem gemakkerne, lige efter at døren smækkede? Spillede fantasien også mig et puds nu? Vi gennemsøgte hver eneste stue, men fandt ingen ubudne gæster.

Johannes forfædre og formødre kiggede ned på os fra deres portrætter på væggene. Elskov Gods havde en lang og kulørt historie.

Hun blev stående ved et oliemaleri af godsets bygherre. Baron Ludvig havde været en statelig soldat i husarernes uniform – og været uhjælpeligt jaloux på baronessen, der efter hans bortgang trøstede sig med andre mænd.

"Se bulen i de stramme ridebukser." Johanne klappede på mine shorts til sammenligning. "Du skulle næsten selv prøve dem på." Hun tog fat i min pik.

Noget af rejsningen var gået af den, mens vi ledte efter årsagen til den smækkende dør. Nu rykkede begæret i den igen. "Prøve baronens ridebukser på? Findes de da stadig?"

Hun gik videre med et hemmelighedsfuldt smil om læberne. Under portrættet af en nedringet skønhed fra renæssancen blev hun stående. Skønhedens lyse hår var sat op i sofistikerede krøller. Øjnene havde fanget mig fra første sekund, jeg opdagede hende i aftes. Det var Johannes øjne om igen.

Billedets titel stod kunstfærdigt indgraveret i den gyldne ramme:

Baronesse af Elskov Gods, Klara Johanne

Slægtskabet stod hævet over enhver tvivl. Den sagnomspundne baronesse lignede sit tipoldebarn Johanne på en prik af både udseende og væsen. Klara havde været nymfoman, og Johanne levede fuldt ud op til slægtens ry.

Den nedringede kjole var snøret så stramt ind til livet, at Klaras knopper poppede op over udskæringen på billedet. Faste og mørke og lige så indbydende som Johannes.

"Du ville aldrig have været i stand til at skrive et eneste ord, hvis hun stadig boede her," påstod Johanne.

"Ikke hvis hun gik i den kjole, nej."

"Så stram den er." Johanne fik et henført blik i øjnene.

"Tror du overhovedet, hun kunne få vejret i den?"

"Måske var det meningen, hun ikke skulle?" Johanne trak selv kun vejret overfladisk. "Hun må da nærmest være besvimet, hvis hun fik orgasmer i den."

En hidsig glød løb op ad hendes hals. Hendes kinder blussede. "Det ville jeg gerne selv prøve."

"At besvime?" Jeg kunne ikke lide, hun tog

chancer.

”Vi kunne da godt eksperimentere lidt.”

”Vi skal være forsigtige.”

”Vi skal være dristige.” Hun gik op på tå og sugede mine læber til sig. Hendes tunge smagte af lyst, hendes krop var febervarm. ”Der er noget, jeg skal vise dig.”

*

Johanne gik ud i hallen og hen til en lav dør, jeg hidtil havde overset. Hun tændte for en støvet pære i loftet og tog mig i hånden. Trappen var stejl og smal. Trinnene knirkede. For enden af en dunkel gang åbnede hun til et rum, hvis eneste lys kom fra vinduet i en kælderskakt. ”Der er én, du skal møde.”

”Én?” Jeg veg tilbage ved synet af de mange mennesker i rummet.

Alle vegne stod de. Stilfulde personligheder, ranke i mørket. Og tavse. En sabel blinkede. En høj paryk tårnede sig op. I et glimt følte jeg mig hensat til et stilfuldt cocktailselskab fra baronessens tid.

Visionen var stærk, men da Johanne tændte nogle stearinlys rundt om på væggene, viste personerne sig at være mannequindukker, alle klædt i historiske dragter. Mændene var i uniformer som baron Ludvigs, kvinderne i lange kjoler som baronesse Klaras.

”Kan du kende den her?” Johanne tog min hånd op til en af kjolerne.

Den var i silke. ”Er det den fra portrættet?”

”Klaras kjole, ja.” Hun tog den af

mannequindukken og smed badekåben. Hendes bryster fangede genskæret af de flakkende flammer. Hendes øjne flakkede lige så hidsigt.

Hun lod kjolen glide ned over hovedet. Den passede, som var den syet på hendes krop.

Hun stak fødderne i et par højhælede sko med guldornamenter og balancerede hen til et spejl på væggen i dem. Hun vendte og drejede sig. "Kan du se snoren i ryggen?"

"Ja." Snoren var arrangeret som på et korset.

"Stram den!"

Min puls bankede. "Pønser du på at besvime?"

"Den lille død."

Til min egen skyld og skam kunne jeg se min pik vokse i spejlet.

Hun trak ned i mine shorts og tog om den. "Tænder du på min lyst?"

Svaret gav vist sig selv. Som det altid gjorde under hendes indflydelse.

"Den her ville der slet ikke være plads til i Ludvigs ridebukser." Hun klemte om min rejsning med fingrene. Hendes læber var brændende varme mod mine. "Og tag nu fat i den snor."

Hun vendte ryggen til, og jeg strammede snoren. Lidt.

Johannes bryster svulmede op over udskæringens kant. Hendes øjne bulede.

"Mere!"

Jeg gav snoren et ekstra nøk.

"Strammere!" Hun pustede ud, til der næsten ikke kunne være mere luft i hende.

”Jeg tør … ikke.” Jeg pustede selv. Jeg forsøgte at neddysse hendes liderlighed. ”Du ender med ikke at kunne trække vejret.”

”Det er også meningen. Bliver du ikke også liderlig?”

”Jo. Meget. Lad os få den orgasme.”

”Ikke før du … har … gjort mig til Klara!”

Jeg trak i snoren, til den skar sig ind i mine fingre.

”Mere! Bind sløjfen stram!” Johanne vaklede på de høje hæle. ”Og giv mig så den lille … død!”

Hun slingrede baglæns ind i væggen, trak op i kjolen og tvang mig ned i knæ. Hun skilte sine lår ad. Hun skubbede sin klitoris frem. ”Tag mig!”

Hendes fisse var stram, hendes knopper stenhårde. Brysterne kæmpede for plads, men korsettet holdt stand. En halvkvalt lyd slap ud mellem hendes læber.

Jeg gispede. ”Du er nymfoman.”

”Og du … er … min elsker.”

Der var ingen bløde steder på gulvet. Hverken seng eller madrasser, vi kunne lægge os på. Stående bankede jeg min krop ind i hendes.

Johannes øjne rullede, hendes fisse pumpede. ”Nu!” Hun sukkede. Hendes knæ gav efter. Hendes krop sitrede. ”Nu … dør jeg!”

”Nej! Bliv hos mig!” Det var en hyklerisk bøn, for jeg kom selv og knækkede sammen, med sprøjtende pik og med en bevidstløs Johanne i mine arme.

Det hvide vendte ud af hendes øjne.

”Johanne!” Jeg hev sløjfen op i hendes ryg. Jeg sænkede hende ned på badekåben, som lå der. Jeg viftede luft til hendes ansigt, og til min lettelse begyndte hendes øjenlåg at sitre.

"Chrîstian! Åh, det var himlen."

Jeg kyssede hende. Jeg var så lykkelig for at høre hendes stemme.

Et saligt smil pyntede hendes ansigt. "Nu må baronen godt komme."

I et surrealistisk øjeblik troede jeg virkelig, baronen var kommet for at hævne sig, for henne ved trappen knirkede døren.

"Er der nogen?" Mine nakkehår rejste sig.

Jeg drejede hovedet og nåede at se et ansigt forsvinde bag karmen. En kvinde? "Susanne?"

Men før jeg så meget som nåede at virre med hovedet, var hun forsvundet igen.

Saxofonsex (Jazzzz!)

Bordet er slidt og rundt og lige stort nok til mig og min gin and tonic oppe foran scenen, hvorfra en duo besvangrer det røgfyldte lokale med jazz. Saxofonen improviserer sine kommentarer til storbyens pulserende liv hen over klaverets æggende synkoperinger.

Mens pianisten sidder med ryggen til, en autistisk kontorist i jakkesæt og tofarvede sko, vrider saxofonistens hatteklædte skygge sig på væggen. Instrumentet står på ham som en sofistikeret fallos, og spillet er som et blowjob, da han spænder i kinderne.

Noderne smyger sig hen over min hud. Sårbare, hæse, længselsfulde. Klagende som en mand, der søger sin klimaks. Fingrene danser hen over saxofonens ventiler, som var de hans rejsning, og kun den ene ting længere betød noget for ham: orgasmen, som har svært ved at komme.

Som dansede de hen over mig, så heftigt føler jeg hans fingre på min egen krop. Han er stor og sort og har sensuelle læber. Den hvide blazer sidder tæt om hans muskuløse skuldre. Bukserne strammer. Da han vender siden til, opdager jeg skyggen af hans virkelige erektion – knap så stor som saxofonen, men pulsende på sin egen levende vis – og da jeg lægger det ene knæ over det andet, kvitterer han for det med en skæv kvint.

Min røde kjole glider op ad låret. Jeg klør mig på den sorte nylonstrømpe, fraværende på skrømt, men fuldt bevist om neglenes knitrende signaler. Selv gennem jazzen og stemmerne fra baren og glassenes klang rundt omkring må mine signaler nå hans ører, for saxofonen vipper sigende.

Han nikker til mig med instrumentet. Han spiller kun for mig nu. Pågående, intimt, indsmigrende. 'Jazzzz,' tænker jeg med en uartig lyst i maven. 'Orjazzme.' Heden i min krop overgår varmen i lokalet. Vibrationerne får mine safter til at smelte. Noget løber til i min kusse. Den bliver tung og doven, og bevidstheden om hans brune øjne på min krop gør mig kun mere liderlig.

Stykke for stykke klæder hans øjne mig af, mens han fremtryller den ene improvisation efter den anden. Kjolen, min BH, trusserne ryger, til jeg sidder nøgen for hans blik og for saxofonens kærtegn.

Jeg tømmer glasset og signalerer til bartenderen efter et nyt og gør tegn om et glas til saxofonisten også. Musikken har gjort mig vovet og stum og døv for tilskuerne ved de andre borde. Kigger de på? Fornemmer de vores tavse forspil? Vores musikalske sex?

Sexzzzz!

Jeg vipper med mine røde stiletter. Jeg trækker kjolen højere op ad mit lår. Til strømpekanten. Hen over den. Op ad det nøgne stykke bar hud, hvor hofteholderens brede stropper spænder som bondagebånd. Jeg lirker min finger ind under dem, aer mine glødende kinder, bider i min underlæbe, vrider kroppen, hypnotiseret af ham, der kun spiller for mig nu, ansigt til ansigt, krop til krop.

Saxofonen peger ind mellem mine lår. Jeg spreder

dem for ham og mærker efter, hvor våde mine trusser er blevet. Stoffet glider ind og ud ad min følsomme åbning, hver gang jeg åbner og lukker lårene for hans instrument.

Han bøjer sig frem og sænker saxofonen. Liderlige noder borer sig ind under mit bord, ind under min kjole. Tonerne tænder en ild, der får mig til at glemme alt andet end vores frække leg.

Det nye glas er landet på mit bord, uden jeg lagde mærke til bartenderen. Saxofonistens drink står ved siden af mikrofonstativet. Glasset dugger, isen smelter, musikken er som en rus.

Min klitoris fanger tonerne som en stemmegaffel. Min kusse rykker, hver gang han støder ind i mundstykket. Hans øjne fanger mig, holder mig fast og blotlægger mine reaktioner. Dybe noder masserer mit underliv; høje toner pirrer mit *hotspot*.

Han spiller på mig. Han øger tempoet. Improvisationerne følger stadig mere snørklede skalaer, krævende som en elskers hænder. Saxofonen skiftevis rammer hans rejsning og skyder op i luften, hver gang han bøjer sig frem og tilbage.

Han udspænder registeret, arbejder sig op gennem skalaen og når svimlende højder: 'Jazz, jazz, jazz!' går rytmen, og min kusse rykker. Stemmegaflen går i selvsving. Jeg kommer.

Orgasmen er et øredøvende crescendo af løsrevne melodistumper fra hans falliske saxofon. Højlydt og slidende, til pianistens afsluttende riff omsider drukner i tilskuernes ekstatiske jubel.

Saxofonisten åbner øjnene og ser ud over sit

publikum, lige dele skamfuld og forundret. Jeg stryger de hårtjavser væk, som er gledet ned i min pande, og lægger mærke til den skjulte plet i hans bukser.

Vores øjne mødes, og et smil former sig på hans ansigt. Vi genner genertheden væk og løfter vores glas til hinanden, og hans sensuelle læber former ét langt ord: "Jazzzzzzzz!"

Værelse 69

Nyborg Festhotel, 17. juni 1997, kl. 22.00

Musikken spillede, bassen dunkede i min krop, og det samme gjorde lysten, fordi jeg dansede med både Linn og Tenna, kontorets glimmertwins. Dem begge to på samme tid.

Ude i periferien lod John og Sigurd, mine kolleger fra Indkøb, som ingenting, men jeg kunne se, hvor misundelige de var på min scoring.

Mørke Linn havde skruet sig ned i en rød fløjlskjole; lyse Tennas blå satin lå som en anden hud over hendes krop. Deres numser vrikkede, de gjorde trutmund og sendte mig drilske blikke.

"Hvad mon han er ude på?" fnisede Tenna, da jeg lagde hånden om hendes talje. Det var deres måde at omtale mig på: i tredje person som et objekt.

"Han er så slem." Linn klemte sammen om det sted, hvor min rejsning sad på tværs i bukserne.

Lige siden firmaet bookede hotellet til personaleweekenden, havde de pirret mig med antydninger om, hvad der kunne ske efter ballet. Når lysene slukkedes på gangene, og man ved en fejl gik ind på det forkerte værelse. Når man blev mødt af kærlige hænder og sultne læber.

Natten før havde fantasierne holdt mig vågen om Linn, der lagde nakken tilbage, når jeg kyssede hendes hals, og Tenna der vred sig, når jeg trak hendes kjole op til hofterne og hendes trusser ned om knæene. Om en rodet seng, to kælne kvinder, tre nøgne kroppe. Lystne støn, erotiske dufte.

Det havde krævet hele min viljestyrke at udsætte min udløsning. Med det resultat, at jeg var vågnet op med en stædig rejsning her til morgen og var ankommet på hotellet i en opstemt tåge.

Hvor skal vi sove i nat? Rundtom sang kollegerne med på den gamle slager, og vi faldt ind i omkvædet. Svaret lå mellem linjerne. Linn og Tenna kyssede mig på kinderne og hinanden på munden. Det var frækt og sexet og helt uanstændigt lovende, ikke mindst, da Tenna drog et dybt suk.

"Nu! Trænger jeg snart til noget Sex …"

Min lyst blev til glødende begær. Det her gik stærkt. Over forventning stærkt. "Sex?"

"… on the Beach," afsluttede Tenna. "Giver du?"

Kl. 22.30

Pigerne satte sig på to af de høje barstole. Jeg kilede mig ind mellem dem for at fange bartenderens opmærksomhed og for at være del af deres indbyrdes kærtegn.

Linns spaghettistropper skjulte ikke meget af hendes skuldre. Tennas udskæring gik langt ned mellem to bryster, der næsten trodsede tyngdekraften. Begge deres BH'er var så åbne, at knopperne kom til syne, hver gang de bøjede sig frem for at hviske sammen.

Pigerne sad med benene over kors, deres stiletter prikkede til hinanden under disken, og kjolerne var så korte, at jeg kunne se bunden af to par blondetrusser for enden af deres lange lår.

"Sex on the Beach," annoncerede jeg, da bartenderen omsider langede de sofistikerede cocktails hen over disken.

"Der har vi en ægte gentleman." Linn kørte tungen hen over sin overlæbe, og Tenna strøg mig op ad mit ene inderlår. "Man får helt lyst til at lære ham nærmere at kende."

"Men kan han levere varen?" Linn strøg op ad mit andet inderlår.

"Ja, lad os nu se." Et lystent gys brusede op i mig, da de sammen gnubbede albuerne rundt om det, der hurtigt blev en meget synlig rejsning.

"Selvfølgelig kan han levere varen. Se, hvor det rykker i hans værktøj." Tenna vurderede mig som et udsøgt stykke sexlegetøj.

Linn var mere forbeholden. "Men har det stykke sexlegetøj power nok til at servicere os begge to?"

"Selvfølgelig er der power nok." Tenna satte trumf på. "Jeg er sikker på, at han også kunne servicere hele tre kvinder, hvis det skulle være. Hvad siger du, Poul? Skulle vi tage en pige mere med og gøre det til en firkant?"

Smigeren kælede for mit ego.

"Men hvem kunne det være?" spurgte Linn.

Jeg fulgte hendes blik rundt i balsalen efter den ekstra elskerinde, som skulle forvandle vores trekant til et orgie. Louise, den sexede direktionssekretær? Samantha, receptionisten med de lange lår?

Tennas blik landede ved det bord, hvor jeg

middagen igennem havde lagt øre til Signe Lund, kontorets midaldrende logistikchef. Lige nu havde Signe indrulleret finanschefen som publikum.

"Hende?" Min rejsning tog en slapper.

"Hun vil elske at være med," påstod Tenna. "Kan du ikke se, hvor meget hun trænger til pik?"

Tennas direkthed gav mig lidt af gnisten tilbage, men påstanden lød usandsynlig. "At Signe trænger til pik?" Det havde jeg svært ved at tro. "Hun snakker i et væk."

"Det er, fordi hun sublimerer."

"Hun hvad?"

"Hun forvandler sit begær til ord. Har du ikke lagt mærke til hendes kjoler, efter hun blev skilt? Kortere, mere nedringede, mere sexede."

Udsigten til Signes kavalergang havde faktisk været en formildende omstændighed ved at konversere hende. Men hun var gammel nok til at være min mor.

"Hun har oprettet en datingprofil," oplyste Tenna.

Datingprofiler var *cutting edge*. Jeg måbede. "Hun må være halvtreds, næsten."

"Og derfor skulle hun ikke længere trænge til et godt knald?"

Billeder dannedes i mig af Signe som den forsømte MILF i en pornofilm. Liderlig, med åben mund og spredte lår, mens datterens kæreste tog hende op ad køkkenvasken eller på sofaen, hvor datteren hurtigt overraskede dem.

Tennas ånde kildede mit øre. "Ville det ikke også være ophidsende for dig at tilfredsstille en voksen kvinde?"

Jeg kølede svælget med en lang tår af min cocktail. Hvis Linn og Tenna troede, de kunne få Signe med på en firkant, skulle deres plan ikke strande på min goodwill, men ... "Jeg tror, I gør grin med mig."

"Overhovedet ikke," sagde Linn.

"Byd hende op," sagde Tenna.

"Jeg?"

"Hvis hun er med på den, går vi sammen op på værelset."

"Jeg har en endnu bedre idé," sagde Linn. "Skulle vi ikke lade Poul tage Signe først? Som en slags kvalifikationsrunde?"

Jeg hørte mig selv pibe. "Kvalifikation? Til hvad?"

"Kan du tilfredsstille Signe, er jeg med på det hele," forklarede Linn. "Deal?"

"Øjeblik." Lige før havde de lokket med et orgie. Nu lød det som en eksamen, jeg skulle bestå. "Vil I have mig til at give Signe orgasme, før vi tre ...?"

"Det skulle du vel nok være mand for," afbrød Tenna.

Linn samlede læberne om sit sugerør, som ville hun give det et blowjob. "Hvis hun kommer, ved vi, at du kan dit kram."

Jeg knasede på min isterning.

"Den orgasme kan du vel hurtigt give Signe." Tennas negle skar sig ind i mine bukser. "Skal vi sige, du har, til klokken bliver ét?"

"Men," jeg så på mit ur. "Hvordan skal jeg bevise, at hun kom"

"Tro mig. Det vil kunne ses." Tenna sendte mig af sted med at klap på numsen. "Vi satser på dig."

Kl. 23.00

To gin & tonics senere snakkede Signe stadig som et vandfald. Med en distingveret diktion som den privilegerede kostskolepige, hun i sin ungdom viste sig at have været, hårdkogt som den midaldrende forretningskvinde, hun var blevet, og en lille smule mere snalret end før.

Finanschefen havde set sit snit til at liste af, da jeg dukkede op med den første omgang drinks. Nu var der kun mig til at lægge øre til Signes efterhånden hæse vokal, de slørede s'er og stadig blødere t'er.

Oven på mine egne to gin & tonics begyndte jeg at registrere stadig flere opstemmende detaljer i hendes nedringede kjole. Tennas beskrivelse havde ramt plet. Signes kjole afslørede masser af hud på skuldrene og ned mellem brysterne. Det var ingen ungepigebryster som Linn og Tennas, men to modne frugter, som BH'en skubbede eftertrykkeligt op i udskæringen.

Livet havde formet Signe. På den sexede måde. Hendes ansigt var markeret, erfarent og stadig smukt. Hendes krop var slank i modsætning til mager. Samtidig anede jeg en blød eftergivenhed under den solbrune hud.

"Hører du egentlig efter?"

Lidt sent forstod jeg, at ordstrømmen var standset. "Jeg blev lige distraheret."

Og det var jeg, da Signes fod gled op i mit bukseben. Til gengæld skubbede jeg hånden frem over bordet, hen hvor den rørte ved hendes fingre om cocktailglasset. Signes negle var lange og skarpe og lakeret i dybt rødt.

"Må jeg sige noget personligt?" spurgte jeg.

Hun lagde hovedet på skrå, så jeg kastede mig ud i det. "Jeg synes, du er meget smuk."

Først virkede hun lamslået. Så lo hun. "Hvad er du ude på?"

Sprutten gjorde mig dristig. "En date med dig?"

"Nu, hvor dine to veninder har fået to nye kavalerer?" spurgte hun mere verdensklog, end jeg brød mig om.

Oppe ved baren havde Linn og Tenna fået selskab. John og Sigurd fyrede hæmningsløst op under dem; de lo alle fire højt. Glimmertvillingerne svingede med deres lange hår og spillede op til fyrene på den måde, de burde have spillet op til mig på.

Jalousien sved. En mistanke krøb også ind, lovlig sent måske. Havde pigerne fra starten kun holdt mig for nar med deres erotiske løfter? Var den mission, de havde sendt mig ud på, kun et påskud for at få et godt grin og et bedre knald med John og Sigurd?

I så fald skulle de få deres egen medicin at smage. Jeg fnøs. "Linn og Tenna? De er ikke mine veninder."

Mine erfaringer med at forføre ældre kvinder var lig med nul – omtrent på samme niveau som erfaringerne med at forføre yngre kvinder – men visse strategier havde jeg da tilegnet mig gennem en lang række romantiske filmkomedier. Med ny beslutsomhed rakte jeg ud efter Signes krøller. "Må jeg røre ved dit hår?"

Hun slog smut med øjnene. "Det gør du vist allerede."

Krøllerne var givetvis farvede, men ikke mindre dragende af den grund. Tværtimod. Den mørke toning vakte fyrige billeder til live af flamenco og karakterfulde kvinder, der vidste, hvad de ville have.

Jeg lod en tjavs glide gennem mine fingre og strøg den om i hendes nakke og kærtegnede huden på hendes skuldre ved samme lejlighed. Fine rynker havde dannet sig efter halsens bevægelser.

Først nu slog det mig, hvor bløde rynkerne var at røre ved – helt anderledes føjelige og varme end Linns og Tennas stramme skind.

Signe skilte læberne ad og lukkede øjnene. Hendes øjenskygge var blå som natten, og hendes erfarne smil fik en erotisk dimension. "Er du ude på at forføre mig?"

"Var det en invitation?" Jeg aede hendes arm og mærkede den kildrende fornemmelse af en ny rejsning og sendte Linn og Tenna et imaginært luftkys. 'Tak for tippet, I to.' Det her var bedre, end jeg kunne have drømt om.

Signes læber var sanselige, botoxfri og lige til at kysse. Lige da jeg lænede mig frem for at gøre det, skød hun mig et frækt glimt under de sænkede øjenlåg: "Skal vi danse?"

Kl. 23.30

Musikken var blevet dæmpet og sensuel. "En rumba," konstaterede Signe. "Kan du danse rumba?"

”Hvis du vil lære mig det?”

”Hold om mig med højre arm. Venstre arm ud til siden.” Hun tog min hånd og trak mig tæt ind til sin krop. ”To, tre, cha cha cha.” Hendes bryster varmede min skjorte. Signe var lavere end jeg. Fast, men blød at holde om, og en drøm at danse med.

Hun gav mig fornemmelsen af at føre, men dybest set var det hende, der fandt trinnene, og mig, der helt naturligt faldt ind i den latinske rytme. Hun pressede sit underliv mod mit og gjorde nogle underspillede rotationer i hofterne. Lige der, hvor min erektion spændte mod bukserne.

”Hvad mon vi har der?” hviskede hun.

Jeg ledte efter et distingveret ord for ståpik.

”Bliver du genert?” Hendes læber strejfede min hals og min hage.

Jeg bøjede mig ned til dem. ”Jeg begærer dig.”

”Så må vi hellere stoppe.” Til min frustration skubbede hun mig væk. ”Skal vi sige tak for i aften?”

”Du går da ikke i seng endnu?”

”Jo, med dig.” Hun blinkede til mig. ”Værelse 69, men giv mig fem minutter, før du følger efter. Vores kolleger kan være så frygteligt sladdervorne.”

18. juni 1997, kl. 00.01

Døren til værelse 69 stod på klem, da jeg listede hen ad gangen. Mit eget værelse lå i den fjerneste ende. Linn og Tenna havde fået et dobbeltværelse midt imellem.

Jeg havde sneget mig forbi dem nede ved

tagselvbordet, hvor de spiste natmad sammen med John og Sigurd, uden at reagere på de frække smil, de sendte efter mig. Hvis de regnede med en midtvejsrapport om Signe og mig, regnede de forkert.

Jeg trak vejret hurtigt. Signe havde ret med sit krav om diskretion. Andre kolleger kunne også dukke op, og rygterne ville hurtigt spredes, hvis jeg blev set på vej op til hende. For at undgå spørgsmål og spioner havde jeg derfor taget trappen i stedet for at vente på elevatoren. Lige før den åbne dør standsede jeg op en sidste gang og så mig om. Ingen hemmelige vidner kiggede med, da jeg trådte ind over tærsklen.

Ikke så snart havde jeg sat foden på værelsets tykke gulvtæppe, før en hånd tog fat i min arm, svingede mig med ryggen op ad væggen og låste døren efter mig.

"Frækkert." Signe pressede brysterne så hårdt op ad min brystkasse, at de bulede. Hun gik op på tå og kyssede mig på munden.

Hendes tunge tiltvang sig adgang, udforskede mit følsomme tandkød og kærtegnede strengen, der hæfter det sammen med læben. Så skamløst, at sanserne eksploderede i hele min krop.

"Kan du lide de modne?" Tungen fortsatte sin indvendige massage.

Jeg mumlede en vag bekræftelse.

"Hvad? Kan du lide modne kvinder?"

"Yessir!"

Hun fnisede. "Så vis det og tag på mig!"

Jeg tog om hende.

Signe trak vejret hurtigt. "Gør det hårdt!"

Jeg klemte luften ud af hendes lunger så hårdt, at hun stønnede. Jeg masserede hendes ryg og hendes numse, og hun pressede underkroppen mod min pik, lige som under dansen, men ikke længere diskret. Jeg stønnede selv.

”Så er det heldigt, at jeg har smag for ungt kød.” Hun åbnede mine bukser og trak dem ned og tog fat om min pik i shortsene.

Hendes fingre var ferme, faste. Hun masserede mit skaft og fandt mine testikler. Hun trak mig hen til sengen i min pik og kylede mig om på ryggen. ”Hvornår har du sidst haft en kvinde?”

Jeg rødmede.

”Du er jomfru?”

Det var for pinligt at svare på som enogtyveårig.

Signes udtryk bliv mildere. ”Vis mig, hvordan, du plejer at onanere.”

Jeg kærtegnede mit stive jern. Forsigtigt, fordi trykket fra natten før stadig pumpede i mig. Hvert lille strøg medførte så heftige ryk, at jeg risikerede den udløsning, jeg så længe havde sultet mig for.

Skaftet spændte. Årer trådte frem. Glans bulede.

Signe stod og så på med et lystent glimt i blikket og med hænderne om sine bryster. En hånd gik ned til hendes skridt. Hun gned kjolen mod sin kusse. Hun trak den op over hovedet og kylede den hen i et hjørne.

Nylonstrømperne var hægtet fast i en hofteholder. BH’en var sort, men gennemsigtig. De gennemsigtige trusser afslørede en friseret trekant. Signes negle knitrede hen over trusserne.

Hun åbnede BH'en og lod brysterne hænge, vrikkede i hofterne og lod trusserne glide ned ad sine lår.

Hun væltede om på sengen til mig, stadig med strømper og stiletter på, og pressede min hånd op mellem sine lår. Ind i den snævre vinkel, hvor en våd slids flækkede trekanten. "Tag det som en leg."

Kl. 00.30

Vi lå mave mod mave. Hun med en hånd på min stive pik, jeg med en hånd på hendes våde kusse.

Hendes bryster hang ned til siden. De var tunge, bløde. Knopperne lignede chokoladetoppe. Jeg bøjede mig ned og pustede på dem og følte en kriblende glæde ved at se dem trække sig sammen.

Jeg suttede på dem og mærkede dem blive stenhårde under min tunge. Lige så hårde som min erektion.

Jeg lagde hende om på ryggen og gled ned ad hendes forbavsende trænede mave. Musklerne måtte skyldes fitness, men huden var alligevel blød. Og varm. Jeg gjorde, som de gjorde på film. Jeg tegnede cirkler på den med tungen, rundt om hendes navle og længere nede, hvor varmen fortættede sig, og hendes trekant kildede min hage.

"Det er du ferm til." Hun tog i mit nakkehår.

Jeg fandt revnen. Jeg satte tungespidsen mod dens munding og sprættede den op og mærkede strømmen fra en krydret kilde. Saft flød. Fugten fik en tropisk aroma. Noget pulsede. Signe hev i mit hår.

"Don't," sukkede hun.

Jeg stivnede – til hendes opgivende latter.

"Nej, nej! Hvad er det, jeg siger?" Hun stønnede. Hun lo. *"Don't stop!"*

Hun skiftede retning i sengen, rullede mig rundt, så hun kom til at ligge oven på mig. Hendes bryster strejfede hen ad mine lår.

Hun tog min stive pik i munden og lod tungen glide rundt om min glans. Spyt løb ned ad mit skaft. Hun trak min forhud frem og tilbage, mens hun suttede på mig. Blødt og kærligt.

Hvert eneste hjerteslag forplantede sig til mit svulmende lem. Et pumpende sug trak mine testikler op under mellemkødet. Jeg var lige ved at sprøjte, men kæmpede imod. Dette var min eksamen. Det var Signe, der skulle komme først, men jeg balancerede på afgrundens rand.

Jeg slikkede rundt om den dunkende kuppel, jeg opfattede som hendes klitoris. Min tunge gled ind langs siden af hendes snævre hule og blev mødt af hektiske sammentrækninger. Hendes kusse skiftevis bød mig velkommen, sugede mig længere ind og spyttede mig ud igen.

Hun stønnede. Jeg holdt vejret. Var der nogen ved døren? Hørte jeg stemmer? Fnis? Det skulle nok passe, at Linn og Tenna havde taget opstilling for at følge med. De skulle få lov til at høre, når jeg gav Signe den orgasme, de havde udfordret mig på. De skulle få lov til at høre min egen lyst.

"Ja!" råbet jeg, da Signes bryster klaskede ned på min mave.

"Ja," svarede hun. "Ja! Please, Poul. Giv mig!"

Jeg suttede, så det smaskede. Safterne løb, min hage sejlede.

"Længere ind, Poul!" Signe råbte nu. Højt og hæst.

Hun kvalte mig næsten i sin kusse. Jeg rakte tungen så langt ind, som jeg kunne. Ind, hvor stadig nye kroge åbnede for stadig nye hemmeligheder.

"Gør det! Gør det! Åh!" Pludselig rullede hun væk fra mig, om på ryggen. Hendes bryster skælvede. Hendes vejrtrækning gik som et blæsevejr. "Jeg kan ikke, Poul. Jeg kan ikke."

Kl. 00.45

Jeg kravlede op til Signe i sengen og kyssede hende. "Kan du ikke komme?"

Hun så på mig, længe og med slørede øjne. "Giv mig pik!"

Jeg lagde mig oven på hende, og jeg kørte min pik i stilling. Hun tog om den og førte den ind, hvor min tunge før havde mødt hendes safter.

"Forsigtigt," sagde hun, selv om jeg slet ikke var begyndt at presse på endnu. "Du er så stor."

Jeg gjorde det forsigtigt. Min glans gled ind i hende. Jeg trak den lidt ud igen. Og lod den glide lidt længere ind næste gang. Hendes kusse var stram og så snæver som den syvende himmel.

"Du er så så dejligt stram," hviskede jeg.

Hun sukkede. "Jeg har ikke fået pik alt for længe, men hvor er det godt."

Hun listede en hånd ind mellem os. Fingre nulrede hendes klitoris. Negle prikkede til mit skaft. Hurtige stik forplantede sig op til min glans, ned i mine testikler. Intet håndjob i verden kunne måle sig med dette. Kapitulationen truede. "Jeg kan ikke holde mig ret meget længere."

"Er du så liderlig?" Hendes øjne skinnede.

"Ja." Hendes fryd gjorde mig varm. Åbenhjertig. En altfavnende gåsehud løb ned ad min ryg. "Ja. Du gør mig så liderlig."

Hun lagde nakken bagover. Hendes øjne fokuserede på et punkt bag ved sengen. 'Nnnng'. Kroppen sitrede.

Trækningerne i hendes kusse snerpede sammen om min glans. "Jeg kommer," hviskede hun.

"Også jeg."

Det var for sent at holde noget tilbage. Og formålsløst. Vores sidste bevægelser blev indforståede, drømmende, inden vi gav os hen til den uundgåelige orgasme.

Signe spændte i mavemusklerne. Dybe bølger rullede gennem hendes krop.

Dybe bølger skvulpede også i mig.

"Nu!" skreg hun.

Dæmpet latter sivede ind gennem døren.

Så kom jeg selv. Ikke så længe som Signe, men dybt og lænsende. Og helt usigeligt lykkelig, da hendes efterdønninger ebbede ud, og vi fik øjenkontakt igen.

Hun kyssede mig og gav min pik et anerkendende klem. Den var stadig hård. Jeg kunne have taget hende igen lige på stedet, men der var noget, vi manglede at gøre først.

Kl. 00.59

Mange gæster var trukket ud på den sommerlige terrasse, da Signe og jeg gik ned i stueetagen hånd i hånd. Enkelte kolleger holdt alligevel øje med os, men vi lod som ingenting og slentrede uanfægtet ind i restauranten, hvor vi forsynede os med natmad fra restaurantens tagselvbord.

"Man bliver sulten af sex." Signe kyssede mig på kinden.

"Skål." Jeg åbnede to øl og lod, som om det først var nu, jeg opdagede Linn og Tenna siddende i en hjørnesofa sammen, lår mod lange lår, dekadente som to dovne sexkillinger på forsiden af *Euroman*. "Jer havde jeg da helt glemt."

Replikken ramte, kunne jeg se. De kiggede op og ned ad os med ny respekt. Min skjorte var krøllet, og Signe havde ikke ulejliget sig med at trække sin læbestift op igen. Det så frækt ud, som lidt rødt var tværet ud i mundvigen, og mascara var løbet.

Glimmertvillingerne udvekslede et blik med hinanden. Som Tenna havde forudsagt, var det sikkert ikke svært for dem at tolke vores look som 'JBF' – Just Been Fucked.

Det havde de vist ikke regnet med, da de satte mig på at forføre Signe Lund, logistikchefen, men til deres ære skal siges, at de var indstillet på at honorere vores deal. Hvis jeg gav Signe orgasme, havde de lovet mig en trekant sammen.

"Vi er på vej op på værelset," hviskede Linn.

”Vil du med og få din belønning?” spurgte Tenna.

Jeg smilede til dem begge med deres glatte hud og de stramme bryster, men kyssede Signe med hendes bløde former og de sanselige rynker. ”Tak for tilbud-det,” sagde jeg til glimmertvillingerne, ”men vi har andre planer for resten af natten.”

Fruens frække silkestrømper

Sofie og jeg elsker sexlege. En af dem har vi findyrket til et raffineret rollespil, hvor hun giver den som forsømt direktørfrue med hotte lyster. Mens hendes mand er på forretningsrejse, ringer hun til sin tjener i køkkenet, som spilles af mig.

"En Martini til soveværelset, Walter." Walter er det scenenavn, hun har opfundet til mig.

"Så gerne frue."

"*Make it healthy.*" Stemmen er røget. "Og tag én med til dig selv også."

"Javel, frue. Så gerne, frue."

Jeg slynger et skvæt vermouth rundt i to nedkølede cocktailglas, hælder iskold gin på og rører den ud – *stirred, not shaken*. Fruen er purist. Og helsebevidst. Ingen skal mistænke hende for at tylle sin sprut ufortyndet.

Jeg smiler i smug over den lille dråbe olivenjuice, jeg blander i som hendes alibi for en sund livsstil. I andre sammenhænge går varianten med det vegetariske tvist under betegnelsen 'Dirty Martini', men så vulgært et navn kan den fine dame selvfølgelig ikke tage i sin mund.

'Healthy' lyder bedre, skønt aromaen er den samme. En krydret forsmag på fruens egne kønslige safter, når hun bliver liderlig. Forventningens glæde går direkte ned i min elastiske zone under bæltestedet, men jeg må styre mig. Forspillet er kun lige begyndt, og lidt endnu må jeg agere den passive part i forholdet. Afventende, høflig og til tjeneste.

Jeg garnerer cocktailene med hver sin oliven på en tandstik, placerer de to glas på en sølvbakke og reder mit nyklippede hår i garderobespejlet. Jeg kontrollerer mit sorte jakkesæt, retter på bukserne, der allerede nu afslører min rejsning, trækker jakkens ærmer ned til min hvide skjortes manchetkanter og finjusterer slipseknuden – selv om jeg ved, at hun snart vil klæde mig af.

Ingen kan være i tvivl om, hvad husets strenge frue har i bagtankerne ved at invitere tjeneren op i sine private gemakker, tænker jeg forventningsfuldt. At hun denne aften har en overraskelse i baghånden, der næsten vil slå benene væk under mig, aner jeg ikke, da jeg banker på døren for enden af den lange gang.

"Kom ind!"

Tunge gardiner hænger for vinduerne. Sengen er betrukket med silke; lyset er dæmpet; underspillet jazz siver ud fra en usynlig højttaler: en skrattet saxofon og piano fra fyrrerne. Fra samme tid som den blanke morgenkåbe, fruen møder mig i. En divas kåbe. Den høje slids afslører hendes perfekte lår. Stiletterne under de åbne slippers gør hendes lægge lange og markerede.

Håret vælder ned over hendes skuldre. Hun har redt det i en sideskilning som Lauren Bacall eller Veronika Lake. Lampen på sengebordet lægger en glorie om krøllerne. Makeuppen er tung, parfumen opiatisk.

I en diskret bevægelse lader hun sin egen ginflaske

forsvinde i en skuffe, inden hun tager det ene af mine glas og bruger sit lange cigaretrør som dirigentstok. "Walter! Stå ikke der og glo."

Jeg rømmer mig og tager øjnene til mig selv. Hvilket er lettere sagt end gjort. Morgenkåben sidder løst om hendes krop, men et blødt bælte former den efter hendes perfekte figur. Taljen, hofterne, de notable bryster. En flig af BH'en sniger sig op over udskæringen.

"Tag selv et glas," kurrer hun. "Er det ikke på tide, at vi lærer hinanden lidt bedre at kende?"

Jeg adlyder og bukker.

"Skål!" kommanderer hun.

Vi drikker, og hun øjner mig hen over kanten på sit glas, hvor den røde læbestift har efterladt et erotisk aftryk. Hun fniser. "Og stil nu den bakke fra dig, Walter. Jeg bider ikke."

Hendes øjne skinner. Tænderne minder mig om en kælen kats, da hun skiller sine glinsende læber ad. Hendes hoftesving antyder promillerne fra den flaske, hun lige før gemte af vejen. Hvert lille trin ligner en dans, da hun kommer nærmere.

Hendes parfume går mig til hovedet. Hvis ikke det er sprutten, der slår. Jeg har været rundhåndet med den, efter fruens ønsker, og virkningen er som tilsigtet, efter hendes hæse kompliment at dømme.

"Har jeg nogensinde sagt, hvor *handsome* du er, Walter?" Hun fisker olivenen op af sit tomme glas og sutter på den, mens øjnene løber op og ned ad mig.

"Nej, frue. Men tak."

"Meget *handsome*." Hendes hånd glider ind under

min jakke. Hun lægger den på mit bryst. "Har du en kæreste?"

Jeg nikker.

"Er hun smuk?"

"Ja."

"Smukkere end jeg?"

"Nej."

Svaret morer hende. "Du ved også lige, hvad du skal sige."

"Ja, frue."

Hun sukker. Hun læner sig ind mod mig. Hendes krop er varm og smidig. "Lad være med at kalde mig det hele tiden."

"Ja, fr ..."

"Kald mig Lauren."

"Ja, Lauren."

Hendes hånd vandrer længere op under jakken. Hun trækker ærmet fri af min arm. Hun gør det samme med det andet ærme. Hun smider jakken hen i et hjørne, skødesløst som kun rige folk ville gøre det.

Hun løsner mit slips og trækker det ud under skjortekraven. "Så stramt." Hun åbner den øverste knap og så én mere.

"Det var bedre." Hun holder mig på en armlængdes afstand. "Og lad mig nu se lidt mere."

Hendes fingre er slanke. Neglene er lange, og deres røde lak matcher læbestiften. De prikker til mit maveskind, da hun knapper skjorten op langsomt og nydende, som pakkede hun en gave ud, fra halsen og ned til bæltet. Lysten kildrer, da hun trækker skjorten op af mine bukser. Den rejsning, der for længst har været på vej, tager form.

Hun strejfer dens aftryk bag lynlåsen med en hurtig bevægelse, ligesom tilfældigt, og smiler som Vivian Leigh. Hun krænger skjorten af mig og smider den oven i jakken. "Se nu der, hvor fin."

Hun kører hænderne hen over mit bryst, niver i nogle af de sorte hår og morer sig over min smertefulde mimik. "Er vi lidt sarte?"

Hun tager om mine biceps. Hun sammenligner dem med mine lårmuskler. "Træner du meget?"

"Somme tider." Jeg lister fingrene ind under hendes blanke morgenkåbe, der glider til siden og blotter mere hud, mere BH, mere af hendes krop.

"Ikke tage sig friheder!" Hun klapser mig af, men holder sig ikke selv tilbage.

Hun løsner mit bælte, åbner bukserne og trækker dem ned om mine lår, hvorfra de glider videre ned til anklerne uden hjælp. Hun tager om mine balder og trækker mig ind til sig, mave mod mave.

"Kom der noget i vejen?" Hendes fingre finder min rejsning i shortsene, og denne gang klemmer hun til. Hårdt. "Nå, sådan."

Hun lirker i shortsenes elastik, lidt ekstra omstændeligt for virkningens skyld, før hun trækker den ned og slipper pragtstykket fri. "Sikken en frækkert."

Hun knæler ned og blæser den et kys og lægger en vejende hånd under mine testikler. "Jeg tænkte nok, du havde skumle tanker, da du pludselig bankede på, men hvad skal en stakkels hjælpeløs kvinde stille op mod al den maskuline lyst?"

Hendes krøller kildrer min glans, da hun bøjer sig

ned for at trække de blankpolerede sko af mine fødder. Hun fjerner også mine bukser og mine shorts, der har snoet sig rundt om anklerne. Sokkerne følger efter. Hendes fingre masserer min svang og mine fodsåler, og fornemmelsen går lige op i mine testikler. Min pik vipper mod hendes krøller.

Hun rejser sig op. Hun er næsten lige så høj som jeg, når hun står i de høje slippers. Hun behøver kun at strække sig lidt for at kysse mig på munden, blødt, men bydende. Hendes ånde er varm og våd og smager af gin.

Hun presser mig ned i knæ og tvinger min rejsning ind mellem sine lår. Pikhovedet, som i forvejen har været rødt, bliver glødende varm af den serie hurtige klem, hun udsætter det for med sine tennistrænede næver.

Oversiden af min ståpik strejfer undersiden af hendes trusser. Hendes maveskind er stramt og glat. En syning prikker til mig lige der, hvor trusserne møder hendes hofteholder. Jeg lægger hånden på hendes balder. Jeg lister en hånd ind under morgenkåben, og denne gang accepterer hun, at jeg lirker en finger ind under en af hofteholderens mange stropper.

Hofteholderen har et klassisk snit lige som dem, Marlene Dietrich brugte, når hun optrådte i lårkort og med tophat. Jeg følger stroppen ned over det nøgne stykke bar hud, ned til det sted, hvor den møder strømpekanten. Det er min tur til at knæle ned.

"Hvad mon han er ude på?" fniser hun, da jeg dykker ned.

Jeg kærtegner hendes bløde trusser med ryggen af min pegefinger. Jeg finder konturerne af hendes kusse og skimter skyggen af hendes trekant. Jeg lægger læberne imod og puster gennem det tynde stof og hører hende gispe.

"Åh!" Hun tager fat om mit hoved og dirigerer mine bevægelser. "Så slem."

Hun spænder i mavemusklerne. Hendes kusse kommer mig i møde. Jeg puster igen og mærker min ånde blande sig med hendes varme. Trusserne bliver våde. Fugten afslører hendes anatomi. Jeg presser munden mod kussens hvælvinger og mærker smagen, der minder om olivenjuice. Jeg finder den lille knop i midten og nipper til den.

Jeg vælter hende om på sengen, spreder hendes lår og trækker hendes trusser til siden med tænderne og blotter hendes blanke nedre læber. Jeg kysser dem, smager på dem og suger. Jeg lirker tungen ind i hendes åbning, som er glat og indladende, og jeg slubrer saften i mig. *Healthy.*

Hun vrider sig og stønner overgivende, og hendes ekstase smitter. Min pik forvandler sig til et glødende spyd, og det værker i min pung, da sæden løber til og får det til at bruse i hele min krop som af champagne på overtryk. Orgasmen truer. Alt for hurtigt, hvis hun ikke snart kalder mig til sig.

"Walter!" Omsider.

"Ja, frue!" Min tålmodighed har givet pote. Hun vil kneppes nu, og jeg gør klar.

Jeg glider op over hendes krop. Finder hendes bryster med munden undervejs og begraver hende i kys.

Jeg er så tændt, at jeg vil tage hende med trusserne på og med stiletterne låst fast i sengegærdet.

Men inden jeg når dertil, skubber hun mig væk. "Stop!"

"Hvad?"

"Du mangler helt at se på de her."

Det er strømperne, hun mener. Hun sætter sig op i sengen og stryger hænderne hen over sine lår. "Mærk på dem."

Jeg er utålmodig efter at kneppe hende, men reglerne er klare. Fruen bestemmer, så jeg følger hendes ordre og mærker på strømperne som ønsket. Hvis dette er adgangsbilletten til hendes kusse, har jeg intet valg.

Strømperne følger hendes velformede lårmuskler som en anden hud. De er kropsvarme og helt friktionsløse og næsten overnaturligt sanselige at røre ved.

"Ren silke." En hidsig rødme brænder på hendes kinder. "Farven hedder *tan*, solbrun."

Solbrun som hendes egen krop. Min pik banker af lyst.

Og her er det, hun tager fusen på mig: "Du skulle næsten selv prøve dem på."

Jeg griner lidt nervøst. "At gå i dametøj hører vist ikke til jobbeskrivelsen, frue."

"Ikke det?" Hun hiver mig i mit håret og ser ind i mine øjne. Hendes kinder er mørke af ophidselse, men hendes blik er fast. "Husk, hvem der betaler din løn."

Jeg kæmper med en synkende fornemmelse i

mellemgulvet. "Vil fruen have mig til at tage hendes silkestrømper på?"

Hendes latter er hæs. Hun står op af sengen, en klassisk skønhed i natlampens modlys. Krøllerne falder ned over hendes ansigt, da hun bøjer sig ned og løsner stropperne på sine baglår. Synet er sexet. Normalt ville jeg tænde helt vildt på at se hende fingerere ved sig selv, men tvivlen har punkteret min erektion.

Rejsningen svigter, skrumper og bliver slap, selv da hun ruller strømperne ned ad de sexede lår. Silken er næsten gennemsigtig. Blød og sensuel – på hende. På mig vil strømperne bare virke fejlplacerede.

"De er vist alt for små til mig."

"Bliver du genert?" Hun stryger silken hen over mine brystvorter.

"Jeg synes bare, de …"

"… støder din maskuline selvforståelse?"

Jeg trækker på skuldrene. Det er svært at sige. Det tænder mig bare ikke at gå i damestrømper.

Desto mere forvirrende er den gryende nye lyst, som alligevel risler ned ad mit haleben. Til min overraskelse og befippelse begynder fylden at vende tilbage til min pik. Men kan det passe? Jeg stritter imod.

"Eller tænder du alligevel på at klæde dig ud?" Hendes fod pirker til det, som er på vej til at blive min anden rejsning den aften. Endnu en lidt forsigtig udgave af den første, men tydeligt i vækst.

Udklædningen har intet med det at gøre, ville jeg gerne kunne påstå. Det er kun hendes flotte lår, der giver mig jern på. De spredte ben og hendes dampende trusser.

"Jeg tænder kun på fruen, men hvis det tænder fruen at klæde mig ud, vil det glæde mig at efterkomme hendes ønsker," saluterer jeg med ståpik.

"Det kan jeg se." Et hidsigt lys opildner hendes øjne. Hun lægger hovedet på skrå. "Desværre har du vist ret i, at mine strømper er for små til dig."

Jeg skjuler en helt uventet skuffelse. For kort tid siden ville jeg have været lettet. Nu var legen med silkestrømperne ellers begyndt at pirre mig.

"Men så er det heldigt, at jeg kom til at købe et par i din størrelse." Hun tager en æske fra klædeskabet.

Æsken har facon af en konvolut, med et vindue af knitrende cellofan og med billedet af en langbenet fotomodel på, der kunne være Sofie.

Modellen bøjer sin nøgne overkrop ned til sine lår på så raffineret en måde, at kun siden af det ene bryst blottes. Det eneste, hun har på, er stiletter og en hofteholder og et par af de silkestrømper, som pakken indeholder.

Mit hjerte banker så hårdt, at min rejsning vipper med, da fruen tager dem ud af pakken. "Sæt dig på sengekanten," kommanderer hun. "Stræk foden ud."

Jeg adlyder.

Hun ruller den ene strømpe op og sætter den mod mine tæer, som var den et blødt kondom. Hun ruller strømpen hen over min fod, hen over hælen og anklen, op ad mit læg og hen over knæet. Min pik spjætter.

"Op at stå!"

"Ja, frue."

Hun fniser, da jeg parerer ordre. "Noget af dig var vist allerede stået op."

Hun har ret. Min ståpik har aldrig stået stivere, end da hun trækker silken op ad mit lår, med kyndige fingre, og trækker kanten på plads. Helt ind ved siden af min pung glider hendes hånd, og hendes ånde strejfer min hud og min glans.

Hun tager den ind i munden og slikker dens følsomme underside, til den sitrer, og efterlader en rød krave af læbestift om skaftet.

"Jeg tror minsandten, det tænder dig at få silkestrømper på, Walter." Hun gør nogle pumpende bevægelser op og ned langs mine lårmuskler. "Men du burde barberes."

"Nej!" En sidste rest af mandighed stritter imod.

"Så gør vi det næste gang." Hun giver min numse et klem og ruller den anden strømpe op ad mit andet ben på samme måde.

Hun kysser mig blidt nok, men giver mig så et stød i ryggen, hen foran det store påklædningsspejl.

"Brystkassen frem, og lad den her komme til sin ret!" Hun korrigerer min kropsholdning og kipper med min erektion. Hun klemmer om roden så hårdt, at årerne svulmer langs siden. "Hvor fin du er."

Varmen, der har ulmet i mig, flammer op ved synet af min maskuline krop dullet op som en kvindes. Jeg trækker i strømpernes forstærkede kanter. "De hænger vist lidt," mumler jeg undvigende.

"Det må vi gøre noget ved." Hun rækker ind i skabet igen, der efterhånden udvikler sig til et veritabelt overflødighedshorn. Denne gang får hun fat i en stor hofteholder, som hun lægger om mine hofter og hægter fast i ryggen.

En heftig skælven afslører mit velbehag. "Det er noget, du har planlagt på forhånd," hvisker jeg åndssvagt.

Alle kan jo regne ud, at hun hverken har haft silkestrømperne eller en hofteholder i min størrelse liggende rent tilfældigt.

"Jeg synes, det klæder dig." Hun giver mine knopper et klem. Hendes negle skærer sig ind i brystmusklerne.

Jeg giver mig af lyst og lir. Kontrasten kunne ikke være større mellem hofteholderen og silkestrømperne og min strittende ståpik.

"Lidt læbestift og mascara ville gøre underværker," bemærker hun sagligt.

"Og stiletter?" Jeg lægger al min sarkasme ind i bemærkningen, men selv den tager hun for pålydende.

"Endnu en god idé til næste gang," siger hun. "Lige nu har du en fin højde."

Hun lægger sin morgenkåbe over mine skuldre og og åbner sin BH i ryggen. Hun trækker stropperne ned ad sine arme og åbenbarer sine svingende bryster. Hun smider trusserne og sin egen hofteholder.

Splitternøgen stiller hun sig op ad mig, kun iført de slippers, der giver hende den passende højde. Hendes rejste knopper ridser hen over min hud. Hendes ånde er brandvarm på mine læber. "Prøv at mærke, hvad dit kostume gør ved mig."

Hun fører min hånd til sin kusse. Den er dryppende våd, og den åbner sig for den mindste berøring.

Hun stønner. "Knep mig!"

Hun strækker sine knæ og spreder sine lår og glider op over min ståpik. Hun gør de første kopulerende hoftebevægelser, og jeg falder ind i rytmen. Vi tager hinanden. Vi rokker sammen, to liderlige spillere i et ophidsende eksperiment.

Alle mine forbehold smelter. Vores bevægelser bliver resolutte. Jeg må bare have Sofie. Jeg må besidde hende, fylde hende, slippe for det nådesløse tryk, der truer med at sprænge mig. Stående i hofteholder og silkestrømper ælter jeg hendes balder. Klasker mit underliv op ad hende.

Sofies kusse svupper. Hendes udbrud bliver tøjlesløse. Hendes kusse rykker. Hendes negle skærer min ryg i strimler. Hun bider i min skulder, og da hun kommer, føles det som at poppe en korkprop i mig.

Boblerne springer. Orgasmen er en euforisk fryd og en befrielse. Jeg sprøjter min sæd op i Sofies pumpende kusse, til vi begge to må klamre os til hinanden, og noget af sæden løber ud igen og ned ad hendes lår og efterlader fugtige pletter på de silkestrømper, hun har givet mig på.

"Overskred jeg dine grænser?" hvisker hun, stadig stakåndet.

Mon ikke hun har overskredet mine grænser, men jeg må nøjes med at nikke. Jeg har ikke nået at få vejret endnu. Jeg smiler, og jeg kysser hende, til jeg omsider får pusten igen. "Men du gjorde det på den gode måde."

Dagen derpå

Døren går op, og der står hun, sexet i numsekort og med bare tæer. Tines øjne spejler middagssolen. "Jeg syntes nok, det var dig," siger hun, og det smil, der får dit hjerte til at danse, udspænder hendes smidige læber.

Du bøjer dig ned og strejfer dem, hurtigt og med blød mule, før tvivlen får lov til at komme på tværs. Flygtigt, som om den lille frihed, du tager dig, endnu kunne gøres ugjort, hvis naboen pludselig stikker hovedet op over hækken. Eller hvis Poul dukker op. Eller hvis hun siger fra.

Jeres blikke mødes, og gensynsglæden bliver til alvor. Tines regnbuehinder, der var gyldenblå, får kuløren af rav, og stemmen bliver mørk. "Hvor frækt."

*

Hvor frækt? Øretæveindbydende, ville jeg kalde din adfærd. Lige fra jeres første møde var du efter hende ved kontorets komsammen hos Poul i aftes, min kollega, der lagde hus til.

Lanterner hang i haven, det store anretterbord var sat op, på fælleskassens regning, og i et hjørne af terrassen varmede DJ'en op med dæmpet loungemusik.

For at undgå misforståelser i en krænkelsestid havde vi besluttet at invitere partnere med. Hvad dig angik, blev effekten tvivlsom. Mens Poul gik og udvekslede skulderklap med kollegerne, bukkede du høfligt for hans kone. "Tak for invitationen."

"I aften er jeg vist kun hans påhæng," svarede hun tækkeligt, og du blinkede til hende.

"Et meget smukt påhæng."

Jeg krummede tæer over din kluntede kompliment; Tine tog den med godt humør. Læberne formede en fuldendt amorbue hen over hendes fine tænder. "Og du er?"

"Dit match. Yvonnes påhæng." Du bød hende din arm. "Skal vi følges ad?"

"Hvis jeg må?" spurgte hun mig kun halvt ironisk.

"Bare gå." Jeg viftede jer af sted. "Jeg kender Jans vittigheder. Dem alle tre."

Hendes klingende latter fulgte jer selskabet rundt. Den perfekte gæst og den perfekte værtinde. Tine var lige typen, du tænder på. Yngre end Poul, slank og feminin. Elegant på stiletterne. Sexet i en kropsnær satinkjole, der samlede sig om hendes lange ben på lige det sted, hvor de sporty løberlår buede allermest klædeligt. En kjole, der blottede skulderbladene og gav hendes utæmmede krøller frit spil til langt ned ad ryggen.

Over den første cocktail foldede du charmen ud, men var kultiveret nok til at overlade hende til de andre gæster, før din fascination blev for påfaldende.

Senere, da solen farvede himlen rød, og fuglene sang aftensang i træerne, lod I som ingenting, men jeg så jeres hemmelige signaler til hinanden, de forelskede blikke, når I ikke troede, jeg kiggede med. Alt imens Poul opvartede mig med sine sømandsskrøner.

Forsommerens vindstille vejr havde været en streg i regningen, men i morgen satsede han på at stævne til søs på sin yacht, fortalte han med en begejstring, der synligt gav ham stådreng på. Hvis ikke det var hans udsyn til min kavalergang, der gjorde det.

Poul er maskulin – til den tunge side. Hånden på hjertet forstod jeg godt, hvorfor hans kone følte sig tiltrukket af din atletiske lethed.

Jeg samlede reversen. "Tager Tine med dig ud at sejle?"

"Nej …" Han rømmede sig. "Søsport siger hende ikke så meget. Hun er atletikpige, men vi ved altid, hvor vi har hinanden," tilføjede han lidt umotiveret, men højt nok til, at du kunne lytte med.

Din flirt med hans kone var var nok heller ikke gået Pouls næse forbi.

Jeg blinkede til ham. "Så hun ved, at du har en pige i hver havn?"

"Det har jeg bestemt ikke," forsikrede han, skønt rygterne på kontoret tegnede et anderledes frisindet billede af hans ægteskabelige troskab eller mangel på samme.

"Derimod kan jeg godt selv blive jaloux," sagde han med tydelig adresse på dig.

Advarslen kunne ikke have været mere kontant, end da han knyttede næven med et grin, der ikke lød helt afvæbnende. Lige som tyv tror, at hvermand stjæler, skulle det nok passe, at en utro mand vogtede desto mere nidkært over sin kones dyd.

"Skål på troskaben," skyndte jeg mig at sige på

dine vegne.

Pouls knyttede næve vil du nødig stifte bekendtskab med, tænkte jeg, men hans trussel om tæsk var gået din næse forbi. Tine havde sat kurs mod terrassedøren, og som en dukke i snor fulgte du efter hende. Ud af Pouls synsvinkel, men ikke ud af min.

Lysene var tændt i huset, og straks efter dukkede hun op i køkkenvinduet, med dig i kølvandet. Idet hun strakte sig op efter de langstilkede glas i et højt skab, gled hendes kjole op og blottede strømpernes kant og lidt af hofteholderens strop med. Din hånd gled ind under hendes lange krøller, op ad hendes bare ryg.

Tines gåsehud var næsten telepatisk, da jeg følte din fingernegl ridse op ad hendes rygstykker, som var det mine egne. Så snurrede hun rundt. Hendes kinder havde fået kulør. Hendes øjne brændte af overraskelse og … vrede? Selv hun blev sikkert ikke passet op af sin mands kollegas kæreste på den måde hver aften. Jeg holdt vejret i forventning om hendes reaktion.

Jeres øjne mødtes. Gnister sprang. Du smilede dit mest afvæbnende smil, men kunne det redde dig fra konsekvensen af den frihed, du lige havde taget dig? *Gør nu ingen skandale!* Jeg havde min telefon fremme og beskeden klar til at blive sendt.

Så var der noget, Tine sagde til dig. Hun pegede op på hylden, og du gav hende de glas, hun ikke selv havde kunnet nå, hjælpsom og galant. Man kunne have troet, at jeres erotiske intermezzo aldrig havde fundet sted, hvis man så bort fra det prøvende klem, hun gav din biceps – ingen vrede, kun glæde.

I var lige gode om det. Jeg droppede sms'en, men tanken om hævn gjorde mig varm. Jeg kunne have rusket jer begge to. Hende for at byde sig til og dig for at bide på. Selvfølgelig var hun én, man let kunne forelske sig i, men behøvede du lige være den, der gjorde det?

Hævnlysten brændte sig kun dybere ind, jo længere aftenen varede. DJ'en fandt svedige rytmer frem, Tines blanke kjole strejfede din hvide skjorte, og da Poul engang vendte ryggen til, gled I så tætte sammen, at jeres ånde dannede en fælles sky under den lyse nattehimmel.

Måske havde du rent faktisk fortjent at stifte bekendtskab med Pouls næver. Jeg sendte jer et ondskabsfuldt smil. Hvad mon der ville ske, hvis Poul tog jer in flagranti?

*

Du var så liderlig, som du ikke havde været længe, da vi kom hjem efter festen.

"Vent." Før jeg nåede at sparke aftenskoene af, pressede du mig op ad væggen. "Hælene gør dig så dejligt høj," sagde du og kyssede mig og pressede din pik mod min kusse.

Den var robust og velvoksen, og den ramte mig det helt rigtige sted. Til min irritation tændte jeg på din lyst og dit begær, selv om jeg da godt vidste, hvem der i virkeligheden optog din fantasi.

Mindet om Tine rumsterede også i mig. Lige siden

det telepatiske øjeblik, hvor du tiltuskede dig adgang til hendes bare ryg, havde det været som at opleve lysten gennem hende. Jeres forbudte lyst, som var desto mere pirrende.

Jeres første kys havde kun været et åndedrag borte under dansen, og selv når du kyssede mig nu, følte jeg mig kun som hendes vikar. I tankerne var det hendes læber, din tunge strejfede, hendes bryster, du klemte op i kavalergangen, hendes kjole, du lirkede hånden op under.

"Du tror nok, du er noget særligt," hviskede jeg ondskabsfuldt. Poul kunne have givet mig den samme nydelse, ville jeg påstå, men ophidselsen gjorde mig for stakåndet til at lyde truende, og sandheden talte et helt andet sprog.

Min kusse imiterede Tines: fugten og varmen og de krævende sammentrækninger, der ville hilse din erektion velkommen. "Fyld mig, som du ville fylde hende!" kom tættere på sagens kerne, men jeg beholdt opfordringen for mig selv. Din libido havde fået rigeligt med stimulans hele aftenen.

Da du bar mig ind i soveværelset og listede kjolen af mig, var billedet af jer så livagtigt, at jeg så hende, ikke mig, i det store gulv til loft-spejl. I min fantasi var det hendes trusser, der gled ned om mine ankler.

Noget tydede på, at du havde den samme fantasi. Virkningen var i hvert fald til at tage og føle på. Stående oppe i BH og nylons og stiletter tog jeg fat og følte på din rejsning.

Et kildrende velbehag bredte sig, da jeg roterede spidsen af din glans rundt om klitoris. Det mindste vrid i hoften udløste rullende bølger i mit underliv. Mit behov var stærkt for at glide hen over dig, bure dit jern inde i min kusse og slippe din indre vildmand løs derinde. Og for at slippe min indre vildkvinde løs. Et voldsomt knald var det, jeg længtes efter. En orgasme var det, jeg trængte til.

Men en djævelsk modstand meldte sig også. Dine hænder kunne være nok så velbevandrede på min krop og dine læber nok så overbevisende, men så let skulle du ikke have lov til at komme i mål.

Du fortjente en afklapsning, men hvorfor lade Poul om det sjove. Jeg ville selv gøre det. Allerede i morgen, når han var ude at sejle. Idéen om en intrige begyndte at forme sig. Den krævede kun lidt opfindsomhed og vejrgudernes velvilje.

Intrigens punkt nummer ét: Ingen utidig udløsning til dig. Dine safter skulle blive ved med at koge, til du ikke så anden udvej end at opsøge Tine.

Men det krævede, at jeg fik dig til at sove, før du kom. Jeg skubbede dig fra mig.

"Hvad nu?" Du lød frustreret. Helt efter drejebogen.

"Lad os tage en drink, før vi knepper," hviskede jeg ind i dit øre. "Promillerne giver mig sådan et ekstra sus."

Din skuffelse veg for et uartigt smil. "Slemme pige."

Slemmere, end du troede. Jeg spankulerede ud i køkkenet og miksede to mojitos med lidt rom og meget soda og is og lime og rigeligt med rørsukker, som jeg knuste på glassenes bund sammen med en lille ingrediens mere.

Jeg garnerede de to cocktails med mynteblade og stak sugerør ned i dem og rakte dig den ene. "Skål!" Skål på troskaben, var jeg lige ved at tilføje som et ekko af min tidligere samtale med Poul.

Vi skiftevis drak og kælede for hinanden, og mine brystvorter blev stenhårde, da du rullede dit frosne glas hen over dem. Lystne iskrystaller stak til min kilder. Du slikkede den, til jeg smeltede, og jeg indledte selv et blowjob på dig, men afbrød, da dit jern begyndte at spjætte på den måde, der plejer at varsle din orgasme.

"Lad os gøre det liggende." Inden du risikerede at sprøjte sin sæd ud, væltede jeg dig om i sengen.

Dine kærtegn blev pågående, og drinken gjorde den forventede virkning. Varmen summede i min krop og mit hoved. Suset gjorde mig indladende.

"Kom ind i mig," hørte jeg mig sige – med ekko på.

Det var en forførende sti at balancere på, da du fulgte min opfordring. Meget mere husker jeg ikke, før en endnu mere forførende døsighed satte ind. Midt i samlejets indledende takter blev dine øjenlåg tunge af de sovepiller, jeg havde mikset i drinken.

Du rullede om på siden og begyndte at snorke. Så mistede jeg selv fokus.

*

Op ad formiddagen vågnede jeg ved, at din pik listede sig ind mellem mine lår igen. Du var stadig lige så liderlig, som da sovepillerne havde slået os ud. Lige så liderlig som jeg selv, men straks efter mindede en svag brise i gardinerne mig om, at Poul skulle ud at sejle, og at Tine ville være alene hjemme.

"Kaffe." Jeg tvang mig ud af sengen, før du fik din vilje med mig.

Intrigens punkt nummer to: Du skulle være på dupperne, når du mødte hende. Du skulle også have et godt påskud for at gøre det. For at hjælpe din intuition på vej, stjal jeg en lille ting fra kommoden, mens du var i bad.

"Hvor er mit ur?" spurgte du lidt senere, da du kom ud igen, med vådt hår og svingende halvstang og kun et håndklæde om skuldrene.

"Kan du have glemt det hos Tine i nat?" foreslog jeg listigt.

Din rejsning tog et nøk til, inden du holdt håndklædet for, og min åbne badekåbe var sikkert kun en del af forklaringen. Du tog mit stikord med kyshånd. "Jeg må hellere tage hen og spørge hende."

*

Og sådan kom det, at du her ved middagstid er gået hen ad fortovet i Pouls og Tines villakvarter, uforløst oven på vores hidsige forspil og med dunkende puls.

Fuglene synger i træerne. Inde bag ved ligusterhækken er lanternerne pillet ned over Pouls og Tines terrasse, hvor I dansede så inderligt sammen i går. I stedet fanger du et glimt af Tines fine skikkelse på liggestolen. Hun er nøgen og ligger med det ene knæ vinklet op mod et cafébord.

Solbriller skjuler hendes øjne, og til din store fortrydelse skjuler et glas hendes bryster. Den glitrende isterning i glasset minder om de kunstige stjerner, der skjuler brystvorterne i censurerede Facebook-opslag.

Din hud prikker af lyst og spænding. Du burde gå hjem og tage mig, hårdt og begærligt, i stedet for at begære Tine, men fortovet hælder kun én vej: samme vej som det skråplan, der driver dig videre. Du er forelsket. Og tændt.

Hvis Poul er hjemme, vil du lade som ingenting og gå din vej, men kun én bil står i carporten, så du tager chancen og stjæler dig op ad den lange havegang, på listefødder som en tyv ved dagslys. Du lytter ved døren, rømmer dig og retter på trøjen og på dine bukser.

Din finger søger mod ringeklokken, men du når aldrig at ringe på, før hun åbner døren for dig. Barfodet og solbrun i den lårkorte nederdel af forvasket denim. Resten er historie, som det hedder. Dit henåndede kys, hendes overraskelse: "Hvor frækt." Og din efterfølgende tvivl.

Man behøver kun at se ryggen af dig for at læse dine modstræbende følelser. I nat, hvor der var mange gæster i huset, forvandlede Tines forfjamskelse over dit spontane kærtegn sig til glæde. Dagen derpå, hvor I er sammen alene, får du alligevel anfægtelser med hensyn til dit overrumplende kys. Gik du for vidt?

Havegangens fliser gløder som pizzasten. Lyset og

solen frigiver en duft fra hendes brune hud, som du mangler ord for. Sanselig, sommerlig, sensuel? Indtrykkene flimrer af erotik og ophidselse og af skræk for at have begået en dumhed.

Neglelakken glimter på hendes fingre og på tæerne, sort og skarpt. En gylden ankelkæde glimter om kap med hendes øjne, med de hvide tænder.

Lige før lå hun i solen uden en trevl på. Det lidt tøj, hun har på nu, må hun have kastet over sig i en fart. Ingen tid at spilde på hverken BH eller ... trusser? Brysterne har frit spil i den stumpede top. Knopperne skyder op. Er hun lige så nøgen under den korte nederdel, som hun er under toppen?

Hun er lavere, end hun var på stiletterne i nat, men rank med de slanke skuldre og de trænede løberlår.

"Jeg glemte vist, at ...," siger du, men tier.

Var der en grund til, at hun ikke lod dig ringe på, før hun åbnede? For at klokken ikke skulle alarmere Poul? Kan han være hjemme, selv om hans bil ikke står i carporten? Kom der en lyd inde fra huset?

Du smugkigger ind i entréen, hvor der hænger et banegårdsur på væggen, og døre står åbne til køkkenet og til stuen. Dit hjerte slår tusind slag, før sekundviseren rykker. Tik.

"Du glemte vist, at ...?" spørger hun, pludselig udspekuleret. Hun snor en lok om sin finger, heeelt uvidende om sin udstråling, den lille atletikpige.

Hun vender ansigtet op mod dig og fugter læberne, og denne gang tager du chancen og kysser hende med hele munden. Dine læber bliver liggende

på hendes. Din tunge søger ind under hendes over-
læbe, hen langs dens inderside, langs det blanke
tandkød.

Hun smækker med sin egen tunge, og du følger
dens kald. Ind hvor spyttet smager sødt, af gin og to-
nic. Jeres tunger finder hinanden og snor sig om hin-
anden.

Tines øjne er salige i det korte sekund, hvor du løs-
ner din mund fra hendes. Mandelformede af smil.
Hendes fingre tager om dine biceps, lige som de
gjorde i aftes, da hun ikke troede, nogen så på. Til for-
skel slipper hun dem ikke straks igen.

Dine læber finder en sitrende åre på siden af hen-
des hals. Dine hænder udforsker hendes kurver, fra
de høje bryster til det bare stykke hud, hvor toppen
stumper.

Du tager på hendes denimskørt, ælter hendes bal-
der og presser hende baglæns ind over tærsklen, ind
i entréen, der er stor og lys, og hvor der er højt til lof-
tet.

Hun er så overrasket, hun ved ikke selv, hvad der
sker. Du får hende til at åbne sig, blotte sig, blotte sit
indre, sine lyster, sine forbudte lyster. Kan hun lide
det? Kan hun lade være? Hun bevæger hovedet for
at aktivere din tunge på hendes læber, roterer i hof-
ten for at få noget friktion mellem dine fingre og sin
kusse, men du følger bare bevægelserne. Du nægter
hende befrielsen, friktionen, og jo mere du nægter,
desto mere desperat bliver hendes behov.

Sådan kunne I blive stående længe, men i en sidste
rest af forsyn skubber du døren i med foden, som

værn mod nysgerrige blikke. Det er klogt tænkt, hvis ikke det var for de vinduer, man stadig kan observere jer fra. Både fra vinduet ud til indkørslen og det til terrassen.

Dem tænker du ikke på, men løfter hende op i numsen. Hun spænder sine lår fast om din uforskammede bagdel, og du bærer hende over til trappen, der fører ovenpå. På nederste trin sætter du hende ned igen, med ryggen mod muren, og begraver din mund i hendes strube.

Hun vipper hovedet bagover og underlivet frem. Dine hænder søger ind under hendes nederdel, løfter op i den og finder ingen trusser. Kun glat hud og en varm kløft mellem hendes lår, som du glider hen ad, frem og tilbage, til dit håndled glinser, og hendes klitoris blomstrer.

Du knæler ned og slikker den og suger smagen til dig af salt og lime og tequilashots. Hun spreder sine lår for din tunge og begraver sine hænder i dit nakkehår og spinder som en kat. Jeg kan høre det uden for huset, når jeg holder vejret, men det kræver selvbeherskelse.

Blodet suser i mine ører, min krop summer stærkere end af nogen cocktail, og for hver gang, jeg stryger beroligende hen over min hud, vokser ophidselsen bare yderligere. Det er fristende at gatecrashe jeres party lige på stedet og ruske jer begge to, men endnu afventer jeg det helt rigtige tidspunkt.

Når du gør det, som du er kommet for at gøre, skal I få min kærlighed at føle. Når du giver hende pik. Og tidspunktet kan ikke være fjernt.

Du rejser dig op og genoptager jeres kys og kiler hænderne ind under hendes top. Du klemmer sammen om hendes bryster. Hun slider shortsene af dig.

Dit jern dirrer i hendes hænder, nopret og hård. Din glans er mørkerød af spænding. Hun gnider den mod sin åbne kusse. Jeres kroppe vrikker, så går der et sug gennem min mave. Du er gledet ind, dybt ind, og for første gang siden din ankomst falder der en slags fred over jer. Som om jobbet er gjort, og verden gerne må gå i stå for jeres skyld. I gør det selv: I går i stå.

I bare står og kysser og mærker efter. To erogene zoner fra top til tå. Hun ælter din ryg, du masserer hendes lænd og hendes knopper – hvilket helt åbenlyst gør hende ør af længsel. Og mig med.

Telepatien har sat ind igen mellem Tine og mig. De lystfyldte lyn, der rammer hendes klitoris, udløser også de første små ryk i min kusse. Jeg føler de små årer, der pusler om din glans, som om de var mine, blide som sommerfuglevinger. Usynlige muskler driller din erektion, og den svarer igen med spontane gib.

For mere vil have mere.

Jeres hofter vugger som i trance. Underspillet, men efterhånden rytmisk. En rumba så graciøs, at I ikke hører bilen, der triller ind i carporten.

*

Jeg hører næsten ikke selv bilen omme fra min udsigtsplads ved terrassevinduet, og da jeg endelig gør det, tager realiteten et langt øjeblik om at nå mig.

Det, jeg først opfattede som naboens bil, er Poul, der kommer hjem. Ikke i den bedste stemning formentlig. Brisen fra i formiddags er sovet ind. Varmen ligger tungt på haven, luften ikke så meget som rører på sig, og sejladsen må være aflyst.

Varmen ligger også tungt på mig. Dagens lir har for længst overgået nattens fantasier. Den kriblende kløe har nået nye højder. Lysten tynger mit underliv. Jeg sveder af sol og sex, og hvis nogen kiggede, ville de se mig stå med én hånd mellem mine lår og én på mine bryster som en anden voyeur.

Jeg er kommet til at onanere ved synet af dig og Tine på trappen. Ved synet af jeres dovne liderlighed, den intense opmærksomhed, du vier hende med hvert kys og hvert nok så lille kærtegn. Ved synet af den enerverende nonchalance, hvormed I stadig tæmmer jeres utålmodighed – modsat mig, der egentlig kun ville have taget toppen af min kildrende vellyst.

Nu er min hånd blevet væk i trusserne og dyrker honningen fra det, der føles som en tropisk lotus: et dryppende stempel omgivet af følsomme blade, gemt væk i en hemmelig hule, som jeg må krumme fingeren for at nå. Et helligt sted, som jeg ville give min højre arm for at dele med ... Tine.

Jeg standser illusionen, fordi rumbaen har skiftet rytme. Jeg kender den måde, din rejsning pulser på, når udløsningen er på vej. Dine bevægelser afslører, at den er der, næsten. Og Tine? Hun spænder i mavemusklerne, hendes navle dirrer, og da jeg stikker hovedet for langt frem i vinduet, er det, som om vores øjne mødes.

I et skrækslagent sekund føler jeg mig afsløret, afklædt, udstillet – inden jeg forstår, at hun er helt i sin egen verden og blind for alt andet. Øjnene ruller i hovedet på hende. Hun er håbløst opslugt og hjælpeløs i sine drifter.

Min hævnlyst smelter hurtigere end isterningerne i hendes glas på cafébordet. Tværtimod føler jeg med hende. Giv så Tine den orgasme, Jan!

Når Poul først finder jer, vil helvede være løs. Jeg ved det. Jeg burde advare jer. Bryde ind, før han tager jer på fersk gerning. De gode intentioner fejler intet, men banegårdsuret tikker, uden at jeg kan løsrive mig fra vores ulige trekant.

For mere vil have mere, og så længe bilen bare står i carporten, lever håbet om forløsning. Mit håb om at se dit ansigt, når du sprøjter op i Tine. Om at se hende spile de elastiske læber ud, når hun også kommer. Om at afpasse min egen orgasme derefter.

Hvor meget længere kan det vare med jer nu, hvor hvert suk lyder som optakten til den store forløsende klimaks? Men hver gang på ny holder I spændingen oppe til endnu et kærligt kys. Endnu et kærtegn.

"Kom nu!" Jeg ægger jer videre med tankens kraft. "Giv mig det store knald, mens I har chancen."

Men intet hjælper. Selv nu, hvor I knepper, trækker I akten i langdrag. Følger hinandens bevægelser. Pumper hinanden langsomt og grundigt for at få de hele med. I stedet for at give slip og støde til én gang for alle.

Pinefuld nydelse forvrænger jeres ansigter. Du væver Tines fingre ind i dine og presser hendes arm op over hovedet på hende, ind mod væggen. Hun skælver. Sukkene bliver til støn.

"Kys mig med tungen." Håret falder ned i hendes ansigt.

"Tine," læsper du med en hengivenhed, som du har fortjent en lussing for. Og hun med.

Og nu smækker bildøren i. Tunge skridt kommer gående op ad indkørslen, og jeg ved, hvad klokken har slået. Fra starten godtede jeg mig ved tanken om, hvad Pouls næver ville gøre ved dig, hvis han fandt jer sammen, men starten er længe siden, og nu kradser krisen.

Jeg slipper mine spændte bryster og min våde kusse og løber ind ad terrassedøren, ind ad entréens bagdør, og giver jer de smældende lussinger, som I længe har fortjent.

"Hvad laver I?" Jeg hiver dig væk fra Tine, så hårdt, at din sprængstive rejsning svirper ud i luften.

I et skrækslagent sekund former din mund et stort rundt O. Så sprøjter sæden ud af dig i lange tykke stråler. Den rammer Tines nederdel og hendes maveskind. Gang på gang, så længe, jeg tror, den aldrig vil stoppe.

Jeg river hende i håret. "Poul er på vej."

Tine er rød i kinderne af min lussing og af ophidselse og flovhed og forvirring. Og hun er ikke til nogen hjælp. Jeg kunne bide hende, den lille godte, men Poul nærmer sig døren, en skygge falder på vinduet.

Lige inden hans arm når til håndtaget, hiver jeg

Tine ud af hendes apati og hiver dig i håret.

"Og så ud ad bagvejen med jer to." Jeg genner jer ud på terrassen.

"Smid tøjet." Jeg hiver toppen op over Tines hoved og den plettede nederdel ned om hendes lår. Jeg tørrer sæd af hendes maveskind med tøjet og smider det ind under bordet. Hendes faste bryster svinger. Hendes plyssede kusse lokker, men jeg tvinger mig til at bevare inertien. "Lad, som om du aldrig har gjort andet end at ligge her i solen!"

Hun lander på liggestolen samtidig med, at Poul åbner døren. Akustikken reflekterer den tomme entré, da han kalder. "Tine?"

"Jeg er …" Hun hoster. "Jeg er herude, Poul."

"Husk, du skylder mig en stor tak."

"Alt, hvad du vil." Hun nikker, og jeg presser et kys på hendes mund og strejfer alligevel hendes våde kusse med håndryggen en enkelt gang, inden jeg hiver dig med ud gennem hækken og håber, naboerne ikke er hjemme, da vi sammen pløjer gennem deres rosenbed.

Min hævn slog fejl, men gud hvor jeg glæder mig til at modtage Tines tak meget snart. Måske som en trekant sammen med jer begge?

Poledance

Vi fejrede feriens sidste aften med rødvin og paella på vores intime fortovsrestaurant. Vi var solbrændte efter en uge på Costa del Sol, sanselige af lyset og varmen, opstemte af sex og sangria.

Strandlivet havde inspireret os, når vi tog hinanden på hotelværelset i siestaen og på altanen efter mørkets frembrud. Nu hviskede vi sammen om det inspirerende par ved nabobordet. Hun var krøllet og klædt i en blød og blomstret kjole med udfordrende kavalergang. Lårene havde lige den rette fylde, og de høje sandaler forlængede to velskabte lægge.

Jeg tog dig på låret. "Hun er vist lige noget for dig."

"Hvad med ham?" flirtede du. "Var han ikke også noget for dig?"

Jeg gjorde trutmund og lod, som om det først var nu, jeg lagde mærke til den sexede kvindes ledsager. Han var mørkhåret og havde en energisk kæbe. Hans hvide skjorte, der stod åben i halsen, antydede en trænet krop.

Du kyssede mig på den pågående måde, med tungen. "Skulle vi lære dem nærmere at kende?"

Forslaget var ikke nyt. Flere gange på ferien havde du prøvet på at overtale mig til en trekant eller firkant eller til partnerbytte med andre sexede feriegæster. Et eller andet i mig strittede altid imod, når det kom til stykket, men selve fantasien om en firkant var jeg gerne med på denne aften, som inspiration til et sidste ferieknald før hjemrejsen.

Mig sammen med ham, dig sammen med hende ... Mulighederne var mange, og i vores drøftelser sparede vi ikke på detaljerne om hinandens lyst og de liderlige øjne, vi ville gøre til hinanden, mens vi kneppede udenom med det sexede par ved nabobordet.

"Jeg kunne også godt se dig kysse med hende." Din tænding på lesbisk sex fornægtede sig ikke.

"Hvorfor ikke? Hvis du så vil have sex med ham?" drillede jeg, for dine egne præferencer havde aldrig været til diskussion.

Din protest kom da også med det samme: "Jeg tænder bare ikke på mandesex, ved du godt."

"Jeg kunne ellers godt se det for mig," holdt jeg fast. "Jeg ligger på ryggen. I to knæler på hver side af mit hoved, med strittende pikke. Jeg tager dem i hånden, en hånd om hver pik, og river den af på jer."

Det var ikke udelukkende for at drille, jeg sagde det. Billedet af to mænd, der sprøjtede deres sæd ud over hinanden, til den dryppede, rørte faktisk ved noget i mig. En lille sitrende lystnerve begyndte at udsende pirrende signaler syd for min klitoris.

Den lune aften havde i forvejen gjort mig blød. Lysten føjede sig til som dråberne fra smeltende vaniljeis.

"Hvad om jeg tog hende bagfra, mens hun slikker dig?"

Ikke så snart havde du stillet dit modforslag, før parret rejste sig, kom over til vores bord og fik os til at rødme. De havde genkendt vores fynske dialekt, for de var selv fra Svendborg, sagde de, hvilket kun gjorde situationen mere pinlig.

Hvad mere end dialekten, de havde lagt øre til, forblev i det uvisse. Høfligt præsenterede de sig og spurgte om lov, før de satte sig og foreslog en flaske vin til deling.

Steen var direktør i den hjemlige bankfilial. Ditte var yogalærer og arbejdede på en sideløbende karriere som *poledancer*. Og havde vi lyst til at se det show, hun var ved at indøve?

Poledance var en solodans, forklarede hun. Performeren satte en lodret stang op mellem gulvet og loftet og brugte den som rekvisit, som en passiv partner at smyge sig op ad, til svinge sig rundt om og til at klemme fast mellem sine lår. Sådan som hun udtalte ordet 'pole', forstod jeg hurtigt, at hun også brugte begrebet i overført forstand.

En stang kunne være mange ting. Din rejsning for eksempel, der var tydeligt at mærke, da jeg strejfede dine shorts. Dittes invitation til at se hende danse gav dig ståpik. Og selvfølgelig. På tæt hold fremhævede de kulørte lampetter hendes former yderligere.

Hun var både trænet og solbrændt, og jeg kunne levende forestille mig din fantasi om hendes lår, der omsluttede din pik. Den tændte såmænd også mig. Samtidig havde jeg mine forbehold. Ikke alle fantasier bør realiseres.

"Pas nu på," signalerede jeg derfor med et hemmeligt klem om din rejsning. "Vi kender dem jo slet ikke."

"Ville det ikke være uhøfligt at sige nej?" mumlede du lidt utroværdigt.

Jeg ignorerede Steens vidende blink fra den anden

side af bordet. Selvfølgelig gennemskuede han vores tavse diskussion. Han var givetvis typen, der plejede at få sin vilje, men det behøvede jo ikke lige at være os, han dominerede. Hvis han tændte på at se Ditte kneppe fremmede mænd, kunne han finde en anden end dig til at gøre det.

Jeg var indstillet på at takke pænt nej til deres forslag om en opvisning, da dine læber kom så tæt på min øreflip, at min krop summede. "Jeg tror, han tænder på dig."

Fanden tog fat. "Så lad os da se hende danse," indvilgede jeg, før diskussionen trak ud. "Men vi går hjem straks efter."

*

Sydens varme natteluft sivede ind ad den åbne altandør. Palmerne svajede i lyset fra promenadens høje gadelygter, dovne bølger skyllede op mod stranden syv etager nede, og Joe Cocker sang 'You can leave your hat on'.

Ditte fulgte hans tilbud. Det var en klassisk bowlerhat, hun brugte som rekvisit, mens hun dansede rundt om den *pole*, hun rent faktisk havde installeret i deres hotelsuite, kun iført en afslørende bodystocking, fiskenetstrømper og stiletter.

Hun dansede og vred sig. Hun kærtegnede stangen med sine inderlår, gnubbede sin krop mod den og svingede med de lange krøller til sangens vulgære rytme – *striptease style*, med store bevægelser og tunge kast i underlivet, når messingblæserne fik deres instrumenter til at dirre af lir.

Vi andre sad på sofaen, med bare fødder på det bløde bjørneskindstæppe og med de Martini'er i hånden, som Steen havde mikset ved ankomsten.

Dit blik hang ved Ditte, hvis dans blev stadig mere inspireret. Som finale udførte hun en halv salto baglæns, hagede anklerne fast i stangen og kom til at hænge med hovedet nedad.

Hatten trillede ind under bordet, hendes lår spændtes, og jeg så din pik spjætte i dine shorts.

Hun afsluttede forestillingen med store smil og mange luftkys. Høj af glæden over sin egen forestilling trykkede hun også et rigtigt kys på dine læber, grinende og overstadig og med røde kinder.

"Jeg bliver så lysten af at danse," sagde hun og åbnede dine shorts.

"Tak for i aften." Forargelsen væeldede op i mig, da hun uden videre fandt din stang frem. Jeg trak fødderne til mig for at gå, men Steen holdt mig tilbage.

"Se nu de to. Jeg tror såmænd, Ditte tænder ham," sagde han til mig.

Samtidig lænede han sig frem i sofaen og begyndte selv at gnubbe på din ståpik med et maskulint håndelag. "Tænder hun dig?" spurgte han dig.

Dit ansigtsudtryk var et syn for guder. Perplekst, befippet. Mundlam, da han rejste sig og tog dig i hånden og fik dig med op at stå som til fælles dans. "Eller kan du bedst lide mænd?"

"For det kan Steen." Ditte var ikke sen til at trække dine shorts ned. Og hans. "Steen er en hund efter bøssepik."

Jeg gispede. Steens rejsning var lige så hård som din. En stærk og maskulin sag, der stod vagt som en kanon hen over fronten. Eller som et løftet sværd, klar til en duel med dit.

"Værsgo, drenge." Ditte tog fat i begge jeres erektioner på den måde, som jeg selv havde gjort i den fantasi, vi aldrig var blevet enige om på restauranten.

Hun gjorde nogle pumpende bevægelser, der spændte begge jeres pikke helt op, men slap dem fri med et grin. "Det der klarer I vist bedst selv."

"*Boys will be boys.*" Hun kom over til mig. "Er de ikke skønne?"

Hendes parfume var tung. Hun kyssede mig på kinden og – da jeg snappede efter hendes læber – på munden. Vores tunger mødtes.

"Så fræk. Vil du hjælpe mig?" Hun smed sin bodystocking og lagde min ene hånd på det nærmeste af sine to faste bryster. Min anden hånd førte hun ind i sine tangatrusser.

Hendes kusse var dryppende varm og fugtig. Hun dumpede ned i sofaen med et suk og trak op i min kjole. Blide fingre kærtegnede mine trusser. "Tænder du ikke også på mandesex?"

Hendes fingre gled ind, hvor mine trusser strammede. En hidsig glød var skudt op i mig, da Steen begyndte at kysse dig på læberne. Nu bar Dittes kærtegn til ved bålet af min lyst.

"Mandesex eller pigesex? Eller en kombination måske?" kurrede Ditte.

Mit svar kom ud som en liderlig latter ved synet af dig, der besvarede Steens kys. Dig, der altid havde afvist at tænde på mænd.

Han gnubbede dit jern. Han daskede det mod sin egen ståpik og ruskede i dit nakkehår, da du gjorde gengæld.

"Sådan, ja." Ditte opildnede jer til mere. "Lad os se, hvem der er størst?"

Din pik var blevet rød og nopret, og stadig blev Steen ved med at stimulere den. Han pumpede dig mandigt og kraftfuldt, han piskede din pik med sin. Et øjeblik stod du som forstenet. Så, til din egen åbenlyse forundring, kopierede du hans håndværk.

I var næsten lige høje, lige trænede. Jeres rytme var den samme, da I onanerede hinanden som to hormonplagede kostskoledrenge. Skafterne krængede opad. Pikhovederne svulmede og brændte, og gløden sprang over på mig.

Kontrasten kunne ikke have været større mellem jeres fysiske mandighed og Dittes feminine fingre på min klitoris. Tryllebundet og liderlig lå hun op ad mig, opslugt af jeres opvisning og med et saligt smil i ansigtet. Og helt utroligt kærlig. Hendes egen klitoris var stor og føjelig.

"Se, pigerne kigger på os." Steen tungekyssede dig. "Skal vi give dem valuta for pengene?"

Du svarede med et stakåndet grynt. Jeres knæ eksede, I spændte lårmusklerne op. I kyssede og onanerede hinanden. I æltede hinandens hofter. Jeres strubelyde var dybe og brunstige. Jeres rystelser gik ind under min navle, op i mit G-punkt. Ophidselsen prikkede til min hårbund.

Kampen om den største pik var blevet til en kamp

om lyster, jeres håndjob til en dyst på mandighed. Aldrig havde du set mere liderlig ud. Aldrig havde jeg selv været mere liderlig end ved at se dig sådan. Jeg rystede, jeg løftede min underkrop for Ditte. "Mere!"

Hendes mund stod vidt åben. Hendes kilder glinsede. Jeg aede den og vædede den med safterne fra hendes dybe kilde og hørte hende stønne. Smilet blev til en maske. Jeg stønnede selv. Vores kusser levede. Vores åndedræt hvinede. Vores fingre gik som underspillede vibratorer; jeres hænder gik som trykluftsbor.

Din pik svulmede og pulsede. Du råbte noget, som ikke var til at forstå. Udløsningen overmandede dig. En tyk stråle af sæd ramte Steens kønsbehåring. Straks efter fløj salverne frem og tilbage mellem jer.

Ditte og jeg stivnede. Vores gensidige kærtegn fik deres eget liv, skiftevis ømt og staccato, drømmende og utålmodig. Vores læber fandt hinanden. Så rykkede vi begge to, i dybe orgasmer.

Flodbølger kastede mig rundt. Skumtoppe brusede. Hendes udbrud druknede i mine. "Jeg kommer!"

*

Kærtegn gik på kryds og tværs. Vi lå på det bløde bjørneskindstæppe sammen alle fire, duftende af sex og sæd og salte safter. Efterdønningerne af min orgasme summede i knæhaserne, og din klistrende varme pik blev så hård som nogensinde, da jeg tog fat i den. Steen havde virkelig skubbet til dine grænser.

"Hvor var I bare gode, drenge," sagde Ditte da også.

Mens hun pressede sine bryster op ad din ryg, og han tog hende bagfra, tog jeg dig forfra. Tiden var inde til aftenens ekstranummer.

Poledance, anden akt.

Sex i det skjulte

Noget havde vækket mig. Men hvad? Gardinet lukkede lidt gråt lys ind fra vores udslukte villavej. Vækkeurets digitale cifre lagde et rødt skær henover. Jeg lå på siden, ud til sengekanten, der vendte over mod vinduet.

Camilla lå bag ved mig, på ryggen. Hun trak vejret i lange rolige drag. Det var næppe dem, der havde vækket mig. Til gengæld hørte jeg nu en anden lyd i mørket. Fra døren. Et umærkeligt pust røbede, at den var gået op.

Bløde fodsåler listede hen over gulvet. Malene gled ind under dynen til mig. Hendes bryster var tunge og modne mod min brystkasse. Hun hviskede: "Var jeg for påståelig?"

Hun smagte af den whisky, hun vist havde fået rigeligt af.

"Du blev fuld," hviskede jeg.

Hendes latter var hæs og lidt for høj. "Nogle gange trænger jeg bare til noget pik for at lukke munden på mig."

"Shh!" Lige på en studs lukkede jeg hendes mund med et kys, før hun risikerede at vække Camilla.

Det var hende, Malene havde skændtes med til afslutning på en ellers hyggelig aften. En petitesse, jeg dårligt kunne huske, havde udartet sig til en diskussion om, hvem af dem var den mest påståelige.

Dem begge to, ville jeg selv have sagt. Malene var Camillas bedste veninde fra *way back*.

Hjerteveninder med hvert sit temperament. Når de skændtes, slog det gnister, men i morgen ville de være pot og pande igen.

Medmindre Camilla opdagede, at hendes bedste veninde lå her og kørte sin varme hånd op og ned ad min hofte.

"Du er sød." Hånden gled ind mellem mine lår. Håndleddet strejfede min pik, der selvfølgelig var blevet stiv. Hvis ikke den havde været stiv i forvejen. Malenes overraskende kys havde været meget sensuelt, da jeg sagde godnat til hende uden for gæsteværelset en time forinden.

"Halløjsa." Nu tog hun fat i min rejsning. "Hvor er du hård."

Hendes egen krop var blød og lige så nøgen som min. Kussen var glat og våd, da hun gnubbede pikhovedet mod sig selv og skubbede underlivet frem, trods min halvhjertede protest.

"Tag mig!"

"Nej, vent!"

"Pjat med dig." Hun skød sin kusse frem og tog mig selv.

Varm honning omsluttede min pik helt ned til roden, prikkende sød og himmelsk blid. Og pulsende, da hun begyndte at rulle i hofterne.

Jeg tog om hendes numse og gav den et klem – for at standse bevægelserne, før de forplantede sig til madrassen, bildte jeg mig ind, men hvem kunne jeg snyde?

Den stramme fornemmelse var for svær at modstå. De bløde kærtegn fra hendes klitoris. Hendes bløde maveskind.

"Ikke mere nu," bestemte jeg formålsløst.

Hun fnisede. "Tænder jeg dig?"

Mon ikke. Selv da det lykkedes mig at tvinge hende i ro, blev min pik ved med at pulse, og hendes kusse pulsede med.

"Er du bange for, hvad Camilla vil gøre, hvis hun opdager det her?" spurgte Malene.

Noget dæmrede for mig. "Er det kun derfor, du gør det?"

"Nnn." Hun nussede min øreflip med læberne, men stivnede alligevel, da Camilla rørte på sig.

Camillas vejrtrækning var gået i stå. Lyttede hun? Jeg holdt selv vejret. Så lød der et suk. Camilla vendte sig om på siden. En hånd gled ned ad min rygrad, varm og blød og bevidstløs.

I samme nu, Camillas vejrtrækning fandt rytmen igen, var Malene på banen. "Knep mig."

Hendes kusse kneb sammen, og min pik svarede med sine egne ryk.

Men det gik jo slet ikke. "Vi kan ikke gøre det her i sengen."

"Og hvad vil du gøre ved det?" Hendes tunge løb hen ad mine læber. "Hvis du smider mig ud, vågner Camilla."

Sandt nok. Men hvis jeg gav efter for min lyst, ville hun også vågne.

Malene listede en hånd ind mellem os. "Vi kan sagtens have sex i det skjulte. Bare lig stille."

Hendes fingre begyndte at nulre hendes klitoris. Hun onanerede, så det kunne føles, med min pik som dildo inde i kussen. Hendes ånde brændte mod mit ansigt. Hendes øjne blev til skinnende pletter i mørket. En lille muskel sitrede mod min glans.

"Kan du mærke, hvad det gør ved mig selv?" sukkede hun.

Jeg tog det som et retorisk spørgsmål. Hun mærkede vel selv, hvor heftigt min pik havde spilet sig ud, sprængstiv mod hendes indre vægge.

En hidsig varme bredte sig, da Malenes negle kradsede mod mit skaft. Hendes fingre gik som en vibrator.

Jeg gispede. "Hvis du bliver ved sådan, ender jeg med at komme."

"Så lad os komme sammen."

"Malene, for satan!"

"Åh, ja. Band! Det lyder så sexet fra din uskyldsrene mund."

Min vejrtrækning fik sit eget liv. "For syv sytten, Malene. Du er Camillas veninde. Du er på weekendbesøg, fordi hun kan lide dig …"

"Kan du ikke det, da?"

"Jo. Jeg er vild med dig."

"Der kan du se." Hendes bryster hævede og sænkede sig. Hårde knopper strejfede mod min brystkasse.

"Men jeg vil ikke ødelægge jeres venskab for et knald."

"Eller dit ægteskab?"

Heller ikke det, nej. Men vibrationerne fra hendes fingre var for længst blevet til rystelser. Jeg havde svært ved at holde min krop i ro.

Det gik slet ikke, det her. Jeg rokkede lidt i hofterne for at lindre mine trængsler. Og følte Camillas hånd reagere mod min rygrad. Lige før havde den ligget stille. Nu mærkede jeg små bevægelser. Hendes krop havde det med at spjætte, når hun drømte.

Jeg håbede, det kun var en drøm, der fik hende til at kærtegne mig. Hvis hun vågnede, levede jeg på lånt tid. Skrækken for, at Camilla lige om lidt ville afsløre Malene og mig, blandede sig med en helt utilgivelig vellyst, da Camilla flyttede hånden og nev mig i pungen.

Mine testikler svarede igen med en kriblende rokade. Noget trak sig sammen i dem. Sæden sydede.

Malene sukkede. "Sådan, ja. Uuh, det er godt!"

Hun trak vejret heftigt. Lydeligt. "Yes! Yes, du får mig til at komme nu."

Hendes kusse gik hårdt og hurtigt. Hendes fingre satte farten op. Holdt inde. Ruskede igen. Hun skælvede; øjnene rullede i hovedet på hende. Munden stod på vidt gab. Det var for sent at lukke den med hverken kys eller kram.

"Jeg kommer," stønnede hun. "Ååååh, jeg … kommer."

Jeg var ikke selv i stand til at styre mig længere. Min pik eksploderede i et fyrværkeri af glødende safter. Tykke stråler stod op i hendes kusse, godt hjulpet på vej af rytmiske klem fra Camillas hånd.

Aldrig før havde jeg kommet så længe. Aldrig havde jeg følt samme brændende skam ved at gøre det. Sådan ville vores forhold ende, vidste jeg magtesløst. Mit begær havde styret mig, og lige om lidt ville jeg betale prisen.

"Hold op, I er frække." Camilla kom op på en albue og kiggede hen over min skulder som på to uartige skolebørn.

Malene, der stadig var i sine efterdønningers vold, sansede ingenting, men Camillas kusse roterede mod mine balder. Den var drivvåd og varm.

Hendes stemme var hæs. "Nu er det vist min tur til at få noget af det gode."

Flyskræk

Mit hjerte bankede hårdt, og vejrtrækningen blev hurtig, da jeg krydsede slusen, trådte ind i den store jetliner og straks blev fanget af dens indeklemte atmosfære. Trykket steg, dyser susede. Stewardessen, der hilste velkommen i sin figursyede uniform, kunne ikke undgå at se rødmen trække op mellem mine bryster, og hendes vidende smil satte kunne mere fart på min puls.

Min bryster spændte så hårdt, at knopperne truede med at sprænge blusen. Kombinationen af flyskræk og en sexet stewardesse afstedkommer de særeste reaktioner.

Irina, stod der på hendes navneskilt. Hun var først i trediverne, skønnede jeg. Lyshåret og slank på den runde måde. Skrå øjne. Arrangørerne havde booket business class til mig, så der var ekstra benplads, bløde sæder, og da pladsen ved siden af mig var ledig, havde jeg frit udsyn til Irinas lår, da flyselskabets båndede stemme kaldte hende ud i midtergangen til den obligatoriske dans, de kalder for *safety instructions*.

Mens den båndede stemme lirede sine instruktioner af, bevægede Irina sig med rutineret smidighed. Hun strakte armene ud og pegede på nødudgangene – først forlæns, så baglæns. Hendes hofte svingede, hendes lår samledes og skiltes.

In the highly unlikely event of a loss of cabin pressure …

Hun rakte hen over mig for at vise, hvor iltmasken

ville falde ned, hvis der blev behov for den, og hvis den havde virket, var den faldet ned lige nu, fordi det frie udsyn på hendes bryster i stewardesseblusen gjorde mig stakåndet af lyst.

Ilt! Jeg styrede mig for ikke at hyperventilere, men kunne ikke forhindre hårrødderne i at prikke. Det samme gjorde huden op ad mine lår, og sveden prikkede på min pande, imens mine øjne hang som hypnotiseret ved Irinas lår i de mørke nylonstrømper.

Mens hun skiftevis vred kroppen opad og til siden og strakte numse for at vise, hvordan redningsvesten skulle snøres, tegnede lægmusklerne skarpe figurer fra de slanke ankler og opefter.

Hendes lår var trænede og silkeglatte, hælene næsten for høje for én, der gik oppe dagen lang, og tilsvarende sexede.

Fascineret fulgte jeg sømmen på hendes korte kjole glide højere op, hver gang hun strakte sig. Hendes krøller faldt blødt ned over de faste bryster, hendes læber smilede sensuelt. Øjnene spillede.

Det var mig en gåde, hvordan flyselskabet forestillede sig, nogen kunne koncentrere sig om sikkerhedsforanstaltningerne, når de blev præsenteret på den måde. Irina var alt for lækker til at lytte efter. Jeg brændte indvendig, da hun holdt sikkerhedsselen op over hovedet, som var den en pisk. *Bæltet låses ved at stikke løkken ind i låsen ...*

Hendes negle var røde, hendes øjne hvilede på mit ansigt. Forfjamsket fandt jeg arbejdsmappen frem — den med noterne til det foredrag, societetet havde inviteret mig til at holde. Foredraget, der var så vigtigt for min karriere, at jeg tog denne rejse på mig. En flyrejse. Jeg, der alle dage havde lidt af fatal flyskræk!

Manuskriptet var umuligt at arbejde med under de forudsætninger. Mit hoved snurrede, min hud summede af både skræk og lyst, adrenalin og hormoner. Jeg kløede mine lår, jeg gnubbede mit brystben, og så var starten slet ikke begyndt endnu.

Den sidste bagagevogn rullede tilbage til terminalen, en sidste låge i lastrummet blev lukket med et bump. Jetmotorerne hvinede. Maskinen begyndte at rulle. Jeg lukkede øjnene.

Da jeg åbnede dem igen, så Irina på mig, som jeg aldrig var blevet set på før. Mit underliv summede, da hun satte sig på den ledige plads ved siden af min og duppede min pande med en serviet. Selv i forhold til business-klassens høje serviceniveau var det en meget privat gestus af hende. Jeg sank.

"Er det flyskræk?" Hendes læber kom så tæt på mine, at jeg kunne have kysset dem næsten uden at flytte mit eget ansigt.

Jeg nikkede. Jeg forsøgte at smile, mens en desperat stemme hviskede sandheden inden i mig: 'Og fordi du er så lækker, at jeg næsten ikke kan styre mig.'

"Det skal nok gå." Panikken greb fat i mig, da hun smilede. Var det kun min indre stemme, der havde talt lige før, eller var jeg kommet til at røbe sandheden højt?

Irinas fingre strejfede mit lår, da hun vippede omslaget på det ringbind til side, som jeg forgæves havde forsøgt at læse i: *Hvor der er angst, er der en trang*, hed titlen.

"Det er et foredrag, jeg skal holde." Min stemme var hæs, og jeg kom til at hviske, mens piloten prøvede jetmotorerne af. Hylene fik kabinen til at vibrere. "Jeg er psykoanalytiker." Og mon ikke jeg selv havde brug for sådan én lige nu. En sexterapeut – eller helst bare et godt knald.

Gud, hvor jeg begærede Irinas former, hendes lår og hendes læber. Hun duftede så godt.

Irinas arm strejfede min, da hun lænede sig hen over mig. Hendes bryster fulgte. Min angst havde intet med flyvningen at gøre længere, men kun for at miste selvkontrollen, at skabe skandale, hvis jeg rakte ud og tog på hende, kyssede hende, klemte hende, førte hendes hænder op over mine egne bryster, ind mellem mine lår.

Hvor der er angst, er der en trang. Jeg trængte så meget til hende, at hun måtte se mit hjerte hamre, høre mine safter flyde. Irina var mit mål og min besættelse.

"Vi starter om et øjeblik. Du bliver nødt til at spænde sikkerhedsbæltet", sagde hun fornuftigt.

"Jeg er vist kommet til at sætte mig på det." Jeg hørte selv, hvor hektisk min latter kom til at lyde.

"Nu skal jeg finde det frem." Som i drømme fornemmede jeg hendes hånd på mine lår. Gennem tåger så jeg hende sprede mine lår ad.

"Ja," var det eneste, jeg formåede at sige. Det eneste, jeg kunne gøre, var at løfte først min ene balde, så den anden for hendes hænder. Neglene tegnede figurer mod min nøgne hud, og hun gispede, da hun forstod, jeg var i hofteholder nylonstrømper.

"Længere oppe", raspede jeg. Mine trusser var blevet gennemvåde for længst, og nu – NU gik også det op for hende. Først strøg hun hen over dem med håndryggen. Derefter listede hun to fingre ind i dem. Da en fingerspids trommede blidt på min klitoris, måtte jeg lukke øjnene af ophidselse.

"Åhh!" Det var så godt og så pinligt, at jeg ikke vidste, hvor jeg skulle gøre af mig selv.

Omsider var det, som om også hendes professionelle facade slog de første revner. Irinas vejrtrækning gik varmt og hurtigt. For første gang lød hun stakåndet. Og lysten?

Jeg brændte efter at tage på hende, brændte efter at mærke, om hun var lige så våd og liderlig som jeg, men magtede ikke andet end at tage imod, at nyde hendes hænder, hendes kærtegn. Da endnu en finger løb ned langs min våde revne, brast det ud af mig: "Irina!"

"Ja?"

"Jeg er så smaskhamrende liderlig efter dig."

"Jeg ved det."

"Fra første blik."

"Også jeg." Det knitrede, da hendes røde negle kradsede hen ad mine lår.

Cabin crew, take your seats, messede piloten.

"Jeg må gå nu." Da hun endelig trak sikkerhedsselen frem under mig, efterlod den et glødende spor af vellyst langs min hud og numse. Det lille klik, hun stak løkken i låsen med, lød som et smæld fra hendes tunge.

Hun samlede sig, kom op at stå og vaklede op foran i kabinen til sit personalesæde. Da maskinen accelererede, blinkede hun beroligende til mig, men det var et sløret blink. Flyet tog tilløb med en acceleration, der sugede sig dybt ind i min mave, og da vi lettede, føltes det som aftenens første lille orgasme.

*

Aften blev nat. Middagen var spist, uden at jeg havde været i stand til at smage på den, og kabinelyset dæmpedes. Passagererne i rækken bagved havde sat sig til at sove med masker for øjnene. I rækken foran var der én, der sad og så en film, uvidende om det, der skete lige bag ham, da Irina satte sig ved min side med to boblende glas champagne.

"Skål," hviskede hun, og vi klinkede stille.

Mens jeg kunne drikke åbenlyst, gjorde hun det hemmeligt. Virkningen var den samme, for vinen virkede med dobbelt styrke i den tynde luft.

Uden et ord kyssede hun mig på munden, og jeg kyssede tilbage. Hendes tunge gled op under min overlæbe. Hun gav sig til at suge på den, og jeg gjorde det, jeg havde længtes efter lige siden starten: I ly af mørket åbnede jeg knapperne på hendes bluse, listede min hånd ind i hendes BH og fik omsider fornemmelsen af hendes knopper, mens hun tog sig af mine.

Vi stønnede ind i hinandens munde. Vi tog på hinanden lår. Jeg havde for længst smidt trusserne, så hun bedre kunne komme til, men opdagede først nu, at hun havde gjort det samme. Der var fri adgang, og vi benyttede os af den.

Hendes læber var bløde og kælne, hendes tunge fræk og livlig. Hendes kilder mindede om kokosolie, drivende blank og våd. Alle teoretiske overvejelser om angst og trang fordampede med Irinas kærtegn. Der var kun den uendelige nydelse af hendes nærvær og nysgerrighed.

Hjulpet af flyets vibrationer gnubbede hun mig, til jeg kom. Selv da passageren oppe foran vendte sig efter lydene, kunne jeg ikke standse min orgasme. Jeg stønnede hæmningsløst, uden hensyn til mit omdømme.

Bagefter brugte hun min hånd som vibrator på sin egen kilder, stadig mere trængende, stadig mere intenst. Fascineret kyssede jeg den rutinerede stewardesse på halsen, da hun endelig spændte ryggen som en bue og med vidtåben mund og vidtåbne øjne skælvede af det, der lignede en supersonisk klimaks

Kling! sagde højttalerne. *Fasten your seat belts!* flashede skiltet over sæderne.

Det plejede at varsle uro, men hvad så, tænkte jeg bare. Mit gamle jeg ville have udpenslet sig de frygteligste katastrofescenarier; sådan var jeg bare ikke mere. Skrækken over at flyve ind i en turbulens havde mistet sit greb i mig. Trangen havde vundet over angsten.

Tværtimod var chancen for lidt flere frække kærtegn alt for god til at sidde overhørig, så jeg spredte benene og ledte efter Irinas hånd i mørket. ”Vil du hjælpe med finde selen frem under min numse igen?"

Hun lo. "Det vil jeg gøre, lige så tit du ønsker det, men der er nu ingen fare på færde. Det var bare pilotens indforståede hilsen til os. Han signalerer, at vores orgasmer fik flyet til at ryste."

Releaseparty

Boghandlen er stuvende fuld. Ginas fans står i kø efter signerede eksemplarer af 'Sort på hvidt', hendes biografi om livet som stjernepianist, overrakt med et smil og en personlig bemærkning af stjernen selv henne i udstillingsvinduet.

Et sted i baggrunden har jeg fundet en plads blandt boghylderne, hvorfra jeg holder øje med den disk, hun sidder ved i sin nedringede skulderfrie divakjole, omringet af tilbedere, mænd som kvinder. Omsværmet, sexet, succesfuld. Og rutineret.

Som hendes kæreste burde jeg være henrykt over hendes succes, men tager mig gang på gang i at se på mit ur. Selv den mest glamourøse turné mister sin glans, når den bliver til hverdag.

"Hun er fantastisk."

Mit hjerte gør et hop ved den pigede stemme. Der står Linea, Ginas veninde. Smuk og sød og sanselig og mere fantastisk end nogen anden kvinde jeg kender – bortset fra Gina selvfølgelig. Forelskelsen har sine egne love.

Der, hvor Gina har både til gården og vejen, som det hedder, hvor barmen svulmer og numsen strutter, fortolker Linea sin kvindelighed med helt enkle skitser. Smal hofte, løberlår og diskrete, men synlige bryster.

"Fantastisk," bekræfter jeg, og hun giver min biceps et klem, underdrejet erotisk som i de selfies, hun poster på Instagram. Dem, hvor man aldrig helt kan afgøre, om skyggerne på trøjen skyldes lysets indfald eller hendes areola, det farvede område rundt om brystvorterne.

"Du er en heldig mand." Linea gør et umærkeligt kast med hagen over til arrangementets stjerne.

"Ja, nu hvor du er her." Jeg blinker til hende, og hendes øjne spiller.

Læberne spænder sig ud til det smukkeste smil. Øjnene spiller. Lineas lange krøller falder blødt ned over hendes tækkelige habitjakke, og ned over min hånd, da jeg omsider giver hende det udskudte knus.

Brysterne prikker til mig gennem hendes tynde silketop og gennem min lige så tynde hvide skjorte. Aftrykkene efter hendes knopper sender kriblende signaler ned gennem min krop. Enten er hendes BH meget tynd eller også helt fraværende. Behovet er stærkt for at afklare sagen. Men ikke her selvfølgelig, blandt så mange vidner.

Min puls accelerer, da hendes ånde strejfer mit øre. "Den trofaste husbond," hvisker hun med kun den mindste antydning af ironi i stemmen.

"Ikke så trofast endda," svarer jeg og tager anledningen til at smyge læberne hen ad hendes kind, fra øreflip til mundvig. Mine hænder søger ind under hendes jakke. "Ikke når skæbnen byder sig til."

"Den er god med dig." Smilet gør hendes elastiske læber blanke og glatte som erogene lotusblade. "Men ikke her."

"Du har ret."

Kunderne omkring os er optaget af divaen ved signeringsbordet, men selv med ryggen til vil de snart fornemme spændingen knitre mellem os. Jeg tager Linea i hånden, giver den et klem og trækker hende med bagud i butikken, ind i sektionen med erotisk litteratur.

"Hvor passende," fniser hun.

Jeg kysser hendes erogene læber, og hun bliver alvorlig. Åbner munden ganske let. Lige nok til at give min tunge plads. Hun sukker.

Mine hænder glider ind under hendes jakke. Silketoppen er glat, ikke til at skelne fra hendes hud. Hun er slank og trænet, med sanselige muskler op ad rygraden.

Og nej, ingen BH bryder linjerne. Jeg finder hendes brystvorte med tommelfingeren, ligesom tilfældigt, uden at kærtegne den andet end skødesløst. Alligevel mærker jeg den spænde, strammes og vokse. Hun er så letantændelig.

En våd varme forener vores læber. Lige til hun afbryder kysset. "Ikke mere nu!" hvisker hun, og hendes pigede stemme er blevet hæs.

"Okay. Som du vil." Jeg trækker mig tilbage – skuffet ganske vist, men lydig.

"Nej! Bliv ved alligevel!" ombestemmer hun sig og trækker mig ind til sig igen.

Hendes læber omslutter min tunge. Hun suger på den, sutter grådigt. Jeg former tungen som en erektion at slikke på. Jeg penetrerer hende med den, smager på hendes varme spyt. Jeg spidser tippen og lirker den ind under hendes overlæbe.

Linea sukker. "Din frækkert."

Hendes tandkød er glinsende vådt. Jeg lader

tungespidsen løbe hen ad det, langs overlæbens bagside, og finder det lille bånd, som fæstner læben til tandkødet. Båndet er sart som en klitoris og hudløs i sin respons. Hun sitrer.

Hendes krop spænder. Hun strækker spidsen af sin rejste brystvorte frem, op mod min tommelfinger. "Giv mig!"

Hun skiller sine lår ad. Den korte kjole glider opad, da hun presser sit underliv mod min åbenlyse rejsning i bukserne. Jeg kunne komme lige på stedet, men undertrykker mine egne behov for at koncentrere mig om hendes.

Et gys ryster hende. Linea skælver. "Morten, altså!"

Hun øger trykket. Hun går i knæ, strækker lårene, på flugt fra mine kærtegn og samtidig på jagt efter flere. Hun presser læberne og brysterne mod mig, prøver på at skynde på mig. Øjnene mister fokus, kroppen pulser. Hun griber ud efter noget at holde sig fast i: min rejsning, som er blevet stenhård i bukserne.

En dag vil jeg kneppe hende, men ikke nu, for omme på den anden side af bogreolen drejer en af Ginas fans hovedet efter vores hurtige vejrtrækning.

"Shh!" siger Linea, men det er hende selv, der stønner. Kroppen ryster. Pupillerne bliver til sorte prikker. Hun kommer. "Nu!"

Jeg slipper tøjlerne og kysser hende med hele munden. Uhæmmet. Samler tommel- og pegefinger til en fræk tang om hendes brystvorte og trækker i den. Klemmer sammen.

Orgasmen tager hende stående, på usikre ben. Jeg holder hende oprejst længe, til hun omsider kan selv igen.

"Morten, for … syv sytten. Åh! Der kommer lidt mere." Et efterskælv rammer hende. Kinderne blusser højrødt. Hun rusker i min rejsning, men gør det kærligt. "Du er så slem, du skulle straffes."

Jeg kysser hende. "Det glæder jeg mig til."

"Senere." Hun trækker jakken glat, giver min hånd et klem og træder ud fra vores skjul og baner sig vej gennem boghandlens trængsel af kunder, hen til Gina, der næsten har for travlt til at lægge mærke til hende.

Jeg følger med, på diskret afstand. Smilende og uskyldig, som om vi kun var to flygtige bekendte.

FSC
www.fsc.org
MIX
Papir fra ansvarlige kilder
Paper from responsible sources
FSC® C105338